# 柳生《やぎゅう》七《しち》星《せい》剣《けん》

長谷川 卓

祥伝社文庫

# 目次

【登場人物紹介】

◆土井《どい》家

槇十四郎正方《まきじゆうしろうまさかた》：土井利勝の甥。
槇抜刀流居合術の遣い手

土井大炊頭利勝《おおいのかみとしかつ》：家康・秀忠の側近。幕府の重鎮

蓮尾水木《はすおみずき》：土井利勝の配下。結城流小太刀《ゆうきりゆうこだち》の遣い手

千蔵《せんぞう》：土井家細作《さいさく》

兵衛《ひようえ》：土井家細作

秋津の弥三《あきつのやぞう》：土井家細作

百舌《もず》：土井家細作

潮田勘右衛門《うしおだかんえもん》：土井家家臣

◆将軍家

徳川秀忠《とくがわひでただ》：徳川二代将軍

徳川家光《いえみつ》：徳川三代将軍

徳川忠長《ただなが》：家光の弟

朝倉筑後守宣正《あさくらちくごのかみのぶまさ》：忠長の駿府附家老《すんぷつけがろう》

千草《ちぐさ》：朝倉宣正の正室、十四郎の叔母

民部《みんぶ》：朝倉宣正の嫡男《ちやくなん》

井関美作守頼母《いせきみまさかのかみたのも》：忠長の駿府家老

稲葉正利《いなばまさとし》：忠長の小姓組番頭《ばんがしら》。春日局《かすがのつぼね》の二男

## ◆柳生《やぎゅう》家

柳生但馬守《たじまのかみ》宗矩《むねのり》：将軍家剣術指南役

柳生七郎《しちろう》：宗矩の嫡男、後の柳生十兵衛《じゅうべえ》三厳《みつよし》

【柳生七星剣《しちせいけん》】：柳生の裏面を支える暗殺集団

両角《もろずみ》鳥堂《うどう》

諸川《もろかわ》龍斎《りゅうさい》

岩瀬《いわせ》又十郎《またじゅうろう》

大辻《おおつじ》神内《じんない》

氷室《ひむろ》右近《うこん》

氷室左近《さこん》

猿《ましら》の申伍《しんご》

## ◆その他

沢庵《たくあん》宗彭《そうほう》：臨済宗大徳寺《りんざいしゅうだいとくじ》派の僧侶

松倉《まつくら》作左衛門《さくざえもん》末長《すえなが》：本多正純《ほんだまさずみ》恩顧の剣士。

富田流《とだりゅう》小太刀の遣い手

松倉《まつくら》小左郎《こさぶろう》正長《まさなが》：作左衛門の孫

清寂尼《せいじゃくに》：駿河国《するがのくに》鳥坂《とりさか》妙立寺《みょうりゅうじ》の住持

久兵衛《きゅうべえ》：妙立寺に親しく出入りする山の者

土岐《とき》山城守《やましろのかみ》頼方《よりかた》：出羽国《でわのくに》上山《かみのやま》藩藩主、

槍の達人

栗田《くりた》寛次郎《かんじろう》嘉記《よしのり》：金沢《かなざわ》の道場主、十四郎の友

樋沼《ひぬま》潔斎《けつさい》：十四郎の父を倒した剣客《けんかく》

# 第一章　但馬《たじま》・宗鏡寺《すきようじ》

一

暗越奈良街道《くらがりごえならかいどう》――。

生駒《いこま》山中にある暗峠《くらがりとうげ》を越えるところから暗越と呼ばれる、奈良と大坂《おおさか》を結ぶ最短の街道である。

暗峠の名の由来は、繁《しげ》った木立《こだち》が日を遮《さえぎ》り、昼でさえ暗がりを形作っていたがためと言われているが、真偽《しんぎ》の程は定かではない。

元和《げんな》九年（一六二三）三月初旬、槇十四郎正方《まきじゆうしろうまさかた》は奈良から大坂に向かって暗越奈良街道を急いでいた。徳川家康《とくがわいえやす》が没して七年、家光《いえみつ》が三代将軍に就任する四か月前のことである。

十四郎は木立の間から空を見上げた。日は中天《ちゅうてん》を過ぎ、大きく西に傾いていた。十四郎は更に足を速めた。

急ぐのには理由があった。

無頼《ぶらい》の浪人を斬《き》り殺していたからだった。

(関わり合うのではなかった)

仲間が二人いたので、気が大きくなっていたのだろう。里人への狼藉《ろうぜき》は目に余った。諫《いさ》める十四郎に逆上して挑み掛かり、斬り合いになってしまったのだ。

斬るつもりはなかった。しかし、相手が抜き身を構えて間合いに踏み込んで来た時には、思うより早く剣が鞘《さや》から滑り出ていた。

一瞬のことだった。浪人は声を発する間もなく、頽《くずお》れていた。

走り去る仲間の浪人を見て、十四郎は暗越を決めた。数を揃《そろ》えられたら、厄介《やっかい》なことになる。

——逃げるが勝ちとは思わぬか。

一人の僧の言葉が、脳裡《のうり》に甦《よみがえ》った。

立ち合いに敗れ、朱に染まった身を野辺《のべ》に晒《さら》していた時だった。五年前になる。

抜き付けの一刀の速《はや》さと二の太刀《たち》の返しには、誰にも引けは取らぬ自信があった。それが慢心だとは気付かずにいた。まだ十六歳だった。

すれ違いざまに斬り結び、倒したと思ったその刹那《せつな》、自らの背が袈裟懸《けさが》けに斬り裂かれているのに気が付いた。目の前が暗くなり、暫《しば》し気を失っていたらしい。荒々しく地面が揺れる、と思ったのは戸板に寝かされているためだった。近くの村の者だろうか。どこかへ運んでいるらしい。相手の剣客《けんかく》は既に立ち去った後だった。十四郎を討ち果たしたと思ったのだろう。

互いに名乗りもしなかった。

ここで名もなく朽《く》ち果てるのが、己《おのれ》の力に見合った最期だったのか。

「埒《らち》も無い……」

言いかけて、そのまま息を吞《の》んだ。戸板に並んで走っていた網代笠《あじろがさ》の坊主《ぼうず》の一人が、笠の内からぎろりと睨《にら》んでいた。

「小童《こわっぱ》が。命を粗末にするにも程がある。我らが托鉢《たくはつ》の帰り道で気付かなければ、今頃は野に骸《むくろ》を晒しておったわ。見てみぃ、村の衆にいかい迷惑をかけておる」

「……誰も頼んでは……」

「うつけ者めが」

坊主の眼光《がんこう》が十四郎を貫いた。

「何者にも依《よ》らず、ただ一剣のみに生きると吠《ほ》える。近頃そんな輩《やから》がやたらと多い。方々《かたがた》の戦で、従うべき主《あるじ》を亡くし、腕に覚えのある者どもが諸方で血生臭き業《わざ》をしておる。見たところ、誰ぞと立ち合《お》うて、負けを拾ったらしいの」

「…………」

「人を活かすことなく、無益に殺生《せっしょう》を重ねるのが剣の道か。それでは、血に飢《う》えた獣《けもの》に過ぎぬではないか。心なくて、何ごとも成せると思うな。この先どのような心ばえで生きたらよいのか、考えてみるがよい。どうじゃ、生きていたいか」

「……和尚《おしょう》さま、あまりお話しされると、また血が止まらなくなりまする……」

坊主の脇から気遣わしげな声が聞こえた。戸板を運んでいる村人の一人らしい。

「ほい、そうじゃったな。せっかく助けたのじゃからの」

「急ぎましょう」

そこまで聞いたところで、十四郎は再び己が暁闇《ぎょうあん》の中に吸い込まれていくのを感じた。

次に目が覚めた時、十四郎の世話をしていたのは、若い僧だった。

「お気が付かれましたか。すぐ住持《じゅうじ》さまにお伝えしましょう」

ここは、堺《さかい》にある禅寺・南宗寺《なんしゅうじ》だという。ややあって病間に入ってきたのは、あの網代笠の僧であった。僧は、思いの外柔和《ほかにゅうわ》な笑みを湛《たた》えていた。

「よう頑張ったの。もはや峠は越えた、とお医者も言っておられた。気長に養生《じょう》するがいい」

「……………ありがとう、存じます」

十四郎は、僅《わず》かに頭を上げたが、背中の痛みに思わず顔をしかめた。

「まだ名を聞いてなかったな」

「槇十四郎と申します」

「身寄りは?」

「…………父母は既にありません。伯父の食客《しょっきゃく》のような身で」

「ならば、その伯父御殿にそなたを預かっていることをお知らせせねばな」

「はぁ………」

「なんじゃ、気が乗らぬのか。まあ、そうじゃろうな。武者《むしゃ》修行に出たはいいが、迂闊《うかつ》にも瀕死の深手《ふかで》を負って坊主に助けられたとあっては、恰好がつかぬか」

「…………」

「そう拗《す》ねるな。本当のことじゃろうが」

僧の目が悪戯《いたずら》っぽく光っている。

「自分の成したこと、成さざること、全てをひたすらに受け入れるが肝要《かんよう》じゃよ」

「そういったものでしょうか」

「今に分かる」

「はあ」

「ところで、その伯父御殿は、いずこにおわす？　文《ふみ》を差し上げよう」

十四郎は、伯父の名とところを伝えた。

和尚は、目を丸くしたが、すぐさま口許《くちもと》をほころばせた。

「そのような立派な方のお手許を飛び出すとは、そなた、まっこと勿体《もったい》なき男じゃの。人を活かす道、伯父御殿に習うが良かろうに」

その後住持が、十四郎の枕辺《まくらべ》に顔を見せることは殆《ほとん》どなかった。傷が癒《い》えるに従い、少しずつ床の上に座っていられるようになった。幾人かの若い僧が入れ替わりやって来ては、甲斐甲斐《かいがい》しく世話を焼いてくれた。熱い粥《かゆ》の湯気に目を細める度《たび》に、

（私は生かされたのだな……）

と思った。

未熟だ。私はあの和尚に到底《とうてい》及ばない。一剣に生きるなどとほざいて、伯父の許《もと》を飛び出してみたが、何をしていたのか。己を導くは剣のみ、と思い詰めてきたが、剣技に酔っていただけなのだろうか。

床を払い、旅支度《たびじたく》を終え、和尚に別れの挨拶《あいさつ》を述べるため、和尚の居室に向かった。

「どうじゃ、もう傷は痛まぬか」

「大事ありませぬ」

「そうかな？」

和尚は素早く十四郎の背後に回って、つ、と指先を伸ばし、背中を軽く突い

た。

「う……」

思わず顔をしかめると、してやったり、とばかりに破顔《はがん》する。どうもこの和尚、人を食った坊主ではある。

「無理はするなよ」

「はあ」

「そなたを斬った相手を憎いと思うか」

「それは……憎くないと言えば嘘《うそ》になりましょうが……」

「そなたが逆に相手を斬って倒しておったら、相手もまた、そなたを恨んだことじゃろう。縁者がおれば、斬った相手であるそなたを恨もう。きりがない。人というものは、厄介なものだ」

「恨みはどこまでも残るのですね」

「だからな、無闇矢鱈《むやみやたら》に、人の恨みを買わぬようにするのが大事なのじゃ。今後も剣を自らの杖《つえ》として生きると言うのなら、よっく考えてみよ」

「……肝《きも》に銘《めい》じます」

「ふむ。忘れるな。ではな」

「また伺わせていただいても？」

「おお、来い、来い。次は五体満足で参れ。こき使ってやる」

「楽しみにしております」

　和尚の名を直《じか》に問う暇はなかった。世話をしてくれた若い僧の一人に尋ねたところ、諱《いみな》は宗彭《そうほう》、号を沢庵《たくあん》と仰しゃいますよ。紫衣《しえ》の着用を勅許《ちょっきょ》され、臨済宗《りんざいしゅう》大徳寺《だいとくじ》派の大本山である大徳寺の住持になった程の高僧でありながら、僅か三日でその地位を放り出してしまった変わり種の和尚様ですよ、とさも楽しげに笑った。


　山道に入って、半刻《はんとき》（約一時間）が経《た》っていた。生駒の山中は湧《わ》き水が多い。首筋を流れる汗を拭《ふ》き、水を飲んだ。冷たい水が身体の中央を縦に流れ落ちていくのが分かった。

「…………」

　静けさが辺りを覆っていた。つい先程までうるさいくらいに啼《な》いていた野鳥の声が絶《た》えている。

（追い付かれたか）

舌打ちしたのと同時に、

「いたぞ」

声が飛び、六つの人影が現われた。先頭にいるのは、仲間の死骸《しがい》を見捨てて逃げた二人の浪人だった。

「囲め、囲め」

二人を押しのけるようにして、一人の男が進み出た。身のこなしに隙《すき》がない。腕が立つ。

「進退極まったの」

男の左右に、二人が進み出た。残りの三人が素早く十四郎の背後に回り込んだ。一振りの太刀で倒せる相手は、三人が限度だった。敵は六人である。一合も打ち合わせることなく、手首か親指を斬り落とすことが出来れば、脱することは不可能ではない。ただそれも彼我《ひが》の力量に圧倒的な差があっての話だった。

十四郎の剣は居合《いあい》である。相手との間合いのうちに踏み込み、初太刀を繰《く》り出す。初太刀で倒せぬ時には、二の太刀、三の太刀と攻め続けなければならない。太刀ゆきの速さが勝負を決める。六人を倒すためには、己がどれ程動けるか、に掛かっていた。

「この頭数を相手にどう闘う？　地に這《は》って詫《わ》びるか。それとも潔《いさぎよ》く土に還《かえ》るか」

「笑止《しょうし》」

十四郎は柄《つか》に手を掛け、腰を沈めながら、足をにじった。男が左足を引き、鞘を払った。残りの五人も倣《なら》った。少しく輪が広がった。

その瞬間、十四郎は振り向きもせず、後方に跳ね、地に足が着いた時には、一人の懐《ふところ》に潜《もぐ》り込み、斬り上げていた。血飛沫《ちしぶき》を上げ、一人が果てた。

死骸を飛び越えた十四郎は、素早く血振《ちぶ》りをくれると太刀を鞘に納め、腰を割り、構え直した。輪が崩れた。

「二度とは喰《く》わぬ」

男が左手を挙げた。十四郎を半月の形に取り囲んでいた浪人どもが、それぞれ上段、中段、下段に構えを変えた。

上と正面と下から刃《やいば》を揃えて繰り出されては、居合に受ける術《すべ》はない。

十四郎の背に冷たいものが奔《はし》った。

男たちの足が地を蹴《け》った。と同時に、十四郎も飛び退り、目の隅に映った行場《ぎょうば》へと駆けた。追い付いた一人が背を斬り付けて来た。十四郎は、振り向き様に斬り上げた。浪人の顔が二つに割れた。

「一人では闘うな」

後方からの声に、十四郎を追走していた浪人の足が鈍《にぶ》った。十四郎は、その隙に行場に駆け下り、手と刀を水に潜《くぐ》らせて血糊《ちのり》を洗い、鞘に納めた。

浪人たちが続いて行場に下り立った。四人の立てる水音が、木立に響いた。

「勝負は見えた」

と、十四郎が言った。

「潮時《しおどき》とは思わぬか」

膝《ひざ》まで浸《つ》かる水の中である。足場が悪い。同時に打ち込むことは不可能だった。対して受ける十四郎は、大きく動かずに対処が出来る。

「ほざくな」

四人が斬り掛かった。水が足に絡《から》み、二人の踏み出しが僅かに遅れ、間合いの外に取り残された。抜き放たれた十四郎の一剣が、先に間合いに入り込んで来た一人の腹部を斬り上げ、二人目の首筋を斬り裂いた。棒のように血が噴き出し、水を赤く染めている。

「詰めを、誤った……」

言葉を発する度に、男の首から血が噴いた。

間合いの外に残された二人が怯《ひる》んでいる。十四郎は、無造作《むぞうさ》に一人の間合いのうちに踏み込んだ。男が必死の一撃を繰り出した。空《くう》を斬り、横に流れた。次の瞬間、新たな血飛沫が一つ上がった。

残る一人が、喚《わめ》き声を残して逃げ出した。

十四郎に追う気はなかった。

(これで、二度と襲うては来るまい)

男に背を向けようとした十四郎の目に、老人と少年の姿が映った。

老人と前髪立ちの少年は、抜き身を下げて逃げる男の行く手正面にいた。狭い山道である。老人らに身を躱《かわ》す場所はない。

「退《の》け」

男が刃を横に払った。

(南無三《なむさん》)

救えぬまでも、と十四郎は一心に駆けた。

と、その時、老人の身体《からだ》がふわっと宙に浮いた。跳んだのである。老人は、男が横に払った刀の遥《はる》か高みに達すると、一刀だけ腰に携《たずさ》えていた小太刀《こだち》を閃《ひらめ》かせた。頭蓋を割られ、弾かれたように男が倒れた。老人は、男から目を離さずに下り立つと、少年に何事か囁《ささや》き掛けた。少年に動揺した様子はなかった。修羅場《しゅらば》を見慣れているのだ。

(何者なのか)

十四郎は十二分に間合いを取って対峙《たいじ》した。

少年が、腰を引き、左手を鯉口《こいぐち》に当てた。

「小左郎《こさぶろう》」

老人は少年の名を呼び、僅かな所作《しょさ》で制した。

老人は、行場に転がる死骸を僅かに眉を顰《ひそ》めて見遣《みや》ると、

「斬り合《お》うたら」と言った。「相手が何人いようと必ず仕留めねばならぬ。一人《いちにん》たりとも逃せば、己《おの》が命を縮めることになる」

「覚えておきましょう」

「うむ」

老人は少年を促《うなが》すと、歩き始めた。

身体の重みをまったく感じさせぬ軽やかな足運びだった。

老人の姿が視界から消え去るのを待ち、十四郎は老人の跳んだ高さを目で測っ

てみた。己が跳躍力の及ぶところではなかった。

二

約十日の後、槇十四郎の姿は、但馬国出石《たじまのくにいずし》の禅寺・宗鏡寺《すきょうじ》にあった。

生駒山中から大坂に抜けた十四郎は、堺の南宗寺に身を寄せようとしたが、そこに目指す沢庵はいなかった。

沢庵は、元和元年（一六一五）に大坂夏の陣の兵火で全焼した南宗寺の再建《さいこん》が成ると、座禅三昧《ざんまい》の暮らしがしたい、と故郷但馬の宗鏡寺に戻ってしまっていたのだった。

（さて、どうしたものか）

一瞬迷ったが、十四郎にはどことといって行く当てがなかった。いや、この六年、一人の剣客を探し続けているのだが、その者がどこにいるのか見当《けんとう》も付かないでいた。ここ数年は噂《うわさ》にも上らず、足取りは途絶《とだ》えてしまっている。

（生きているのか）

それすらも分からなかった。

（出石に行くか）

沢庵に会えば、叱責《しっせき》されるに決まっていた。

——仇討《かたきう》ちなどという愚挙《ぐきょ》がために、あたら一生を台無しにするのか。その上また、殺生をして来たと言うのか。この愚か者めが。

それもまた心地よかった。出石に行くことに決め、堺から丹波《たんば》に向かって北上することにした。福知山《ふくちやま》城下に出、北西にある登尾峠《のぼりおとうげ》を越え、久畑《くばた》から出石に出る。沢庵から聞いていた道筋だった。

——修行せい。

宗鏡寺に着いた十四郎は、住持に一喝《いっかつ》され、作務《さむ》につかされた。

——御坊《ごぼう》は、偉いお方だったのですな。

作務に汗をかきながら、いつ見ても雲水《うんすい》のような墨染《すみぞ》めを着ている沢庵に、言った。

——何が偉いものか。

沢庵は、珍しく怒ったような顔をした。

——米の飯すら恵んで貰《もら》っておるわ。

境内《けいだい》の石畳に長い影が射《さ》した。

影の主は足を止めると、編笠《あみがさ》に手を当て、本堂を見渡している。

間もなくして、思い直したように歩を進めた男の足が、再び止まった。

男の目は、境内の庭を掃《は》き清めている十四郎に注がれたまま動かない。十四郎もまた、動きを止めた。

数瞬の時が流れた。編笠の男の足が再び動いた。その後ろ姿を見送った十四郎が、額《ひたい》の汗を拭《ぬぐ》った。

(何者だ……?)

血が騒いだ。十四郎は荒い息を吐き捨て、庫裏《くり》へと向かった。

土間に入ると、

「住持様がお呼びです」

呼び出しが掛かっていた。

「投淵軒《とうえんけん》ですか」

沢庵が境内に建てた小庵だった。

「いいえ、今日はこちらで」

編笠の武士のために、庵《いおり》から足を運んで来たのに相違なかった。身に一分の隙も無い武士の姿が思い返された。

「承知しました」

十四郎は、足許の埃《ほこり》を払って上がると、方丈《ほうじょう》に続く長い廊下を歩んだ。

「干し具合と塩の加減が難しいのだ」

沢庵の声が廊下にまで届いていた。

「しかしの、蓄《たくわ》えておけるからの」

大根を干してから糠《ぬか》に漬ける、蓄え漬けの講釈をしていた。沢庵が考案したこの蓄え漬けは、食事の度に出て来た。嚙めば嚙む程、口中に広がる汁の味わいは存外悪くなかったが、嚙む度に音が響き渡るのには閉口した。禅堂での食事に音は禁物《きんもつ》だからだ。食もまた禅の修行と心得、黙々と食べ、粛々《しゆくしゆく》と終えなければならない。

「参りました」

廊下に座り、十四郎は沢庵の言葉を待った。

「こちらへ」

沢庵の向かいに、先程の武士がいた。沢庵は手で十四郎の座る位置を指し示した。二人の脇正面であった。

「槇十四郎です」

武士は目礼を返したのみで、名乗ろうとはしなかった。

「お前様を、何者かと訊《き》かれての」

「はい」

「儂《わし》が話すより、お前様を呼んだ方が早いのでな」

「はあ」

十四郎は武士を見た。鍛えた身体は着衣の上からでも見て取れた。五十絡みというところだろうか。質素な身形《みなり》ではあったが、少しも垢《あか》じみてはいない。品位ある様は、大身の旗本かと思われた。

「数日前、突然現われ、また人を斬った、と言うではないか」

沢庵が武士に話し始めた。

「それも六人だ。立ち合うな、逃げろと口を酸《す》っぱくして諭《さと》しておいたにも拘《かか》わらず、逃げる前に斬り、追い付かれて更に斬ってしもうたのだ。ほどほどにせい、と叱《しか》って、修行させておるところだ」

「御坊らしいですな」

武士は、手を両の腿《もも》に置いたまま、上体を僅かに揺らして笑うと、十四郎に向

き直り、

「卒爾《そつじ》ながら、御流儀は？」

十四郎は、祖父の代からの工夫を受け継いだことを話した。

「槇抜刀流《ばっとうりゅう》とでも申しましょうか」

十四郎の祖父は、槇彰三郎正高《まきしょうさぶろうまさたか》といった。居合抜刀術を極めんと修練を続け、壮年の頃三河国《みかわのくに》碧海郡《おうみぐん》土居村《どいむら》に居を定めた。妻・志《し》げを娶《めと》り、一子・貴一《きいち》郎正兼《ろうまさかね》をもうけ、道場を開いた。貴一郎に剣の道を継がせるべく、修行を導きつつ、乞《こ》われれば村人たちにも剣の手ほどきをしていた。

しかし、貴一郎が十三歳の折、ふとした病が元で父・彰三郎はあっけなく亡くなってしまった。夫の死を嘆き続けたまま、母・志げもまた、半年後にこの世を去った。既に元服《げんぷく》はしていたものの、貴一郎は若年の身で独法師《ひとりぼっち》になってしまった。

両親の知己《ちき》で、既に徳川家康の麾下《きか》にあった土居小左衛門利昌《どいしょうざえもんとしまさ》は、貴一郎の面《つら》魂《だましい》をよしとし、儂のところへ来い、と自らの養子に迎え入れ、貴一郎が存分に剣の修行を積めるよう計らってくれた。

土居家に迎え入れられた貴一郎は、父・彰三郎の残した道場で修行を続け、やがて妻・真弓《まゆみ》を娶った。二人の長子として十四郎が生まれたのであるが、真弓は産後の肥立《ひだ》ちが悪く、十四郎を生んだその年に亡くなってしまう。貴一郎は男手一つで十四郎を育てつつ、父・彰三郎から受け継いだ居合抜刀術を、幼い十四郎に懸命に指南した。しかし、十四郎が十二歳の時、ある剣客との果たし合いに敗れ、十四郎に心を残しながら身罷《みまか》ったのであった。

一方土居家には、貴一郎が養子に入る十年以前に、既に養子が入っていた。徳川家康の生母於台《おだい》の方《かた》の兄、三河国刈谷《かりや》城主・水野信元《みずののぶもと》の庶子《しょし》として生まれた利《とし》勝《かつ》である。利勝は、家康の従兄弟《いとこ》に当たり、数え三つで土居家に入れられ、七つの時には二代将軍となる秀忠《ひでただ》の傅役《もりやく》となり、以降秀忠腹心の臣として、年々幕閣《ばっかく》内に重きを置くようになっていった。

利勝は、慶長三年（一五九八）に養父・利昌が亡くなると、家名を土居から土井に変えて、跡目を継ぎ、以後は貴一郎の遺児たる十四郎の面倒もみてくれている。

貴一郎の死後三年、十五歳の十四郎は、伯父・利勝に修行の旅に出る許しを乞うた。あわよくば貴一郎を討ち取った仇を探し出し、勝負を挑む気構えであった。伯父はなかなか首を縦に振らなかったが、日参してようやく許しを得た。旅立ちの前に、以後は祖父の剣を世に伝えるべく、土井の名ではなく、槇を名乗る許しをも得た。以来六年の歳月が経っていた。

「居合で六人を」

「はい」

武士は一頻《ひとしき》り唸《うな》ってから、

「御坊から貴殿が斬られたことがあると聞いたが、いかなる仕儀《しぎ》でかお話し願えますかな?」

十四郎は斬られたことを恥とは思っていなかった。強い者と戦えば負ける。それだけのことだと割り切っていた。とは言え、父の仇を討つまでは、何としても生き長らえねばならない。その思いがあって初めて、求めても得られないでいた、相手の太刀筋を見切る技《わざ》を身に付けることが出来たのだ。

相手の太刀が来る。寸で見切り、躱し、斬る。躱せぬと見た時は、斬られる間際に少しでも傷口が浅くなるように身体を動かす。その動きを、完全とは言えぬまでも摑《つか》み始めた時から、斬られることを恐れなくなり、腕が上がったと思っている。

十四郎はことの成り行きを簡単に話し、対決した時の太刀筋に触れた。

「相手の切っ先が僅かに動き……」

「あいや、待たれい」

　武士が手で制して、沢庵殿、と言った。

「ここで立ち合うてもよろしいかな？　勿論《もちろん》太刀は使わず手刀だが」

「方丈だぞ、と言いたいが、お前様方の立ち合いはちと見てみたいの」

　沢庵が頷《うなず》いた。十四郎と武士は立ち上がると、中央に出、正対した。

「儂は正眼《せいがん》でよろしいのですな？」

「まずは、誘うように切っ先を僅かに上げて下さい。後は動きながら……」

　十四郎は腰を沈めると、すっ、と間合いを詰めた。武士が、刀に見立てた手を正眼から僅かに上げた。その呼吸に合わせて、十四郎が動いた。武士の懐に潜り込み、胴を斬り上げたのだ。その刹那《せつな》、十四郎が説明するより早く、武士が十四郎の背後に回り、袈裟に斬り下げた。

「それでござる」

　十四郎が叫んだ。

「斬られたのは、その太刀筋でござる。ただ、あの時は斬り上げられましたが」

「我が流儀に猿廻《さるまわし》という位《くらい》がござるが、似た太刀筋と見申した。ならば、対処の方法は一つ」

「……工夫を付けてみました」

「拝見いたそう」

再び二人は向かい合い、手刀を振るった。

十四郎の背後を取った武士が逆袈裟に斬り上げる瞬間、十四郎は武士が回り込んだのとは逆の方向に身体を回し、斬り上げた。

「お見事」

武士が、虚空《こくう》に流した手で、襟許を直しながら言った。

「十四郎殿」

沢庵が武士を見上げて、

「このお方がどなたかお分かりか？」

「柳生《やぎゆう》様でございまするな？」

「そうだ。柳生又右衛門宗矩《またえもんむねのり》様だ」

将軍秀忠の剣術師範となって二十二年。更に、一昨年からは将軍継嗣《けいし》・家光の指南役をも務めていた。宗矩は、剣の腕のみならず、軍略家としての智恵《ちえ》も買われていた。此度《こたび》の忍び旅も、秀忠・家光上洛《じようらく》を数か月後に控え、京大坂に点在する柳生一門に不断の注意を促すためであった。

沢庵と宗矩の交誼《こうぎ》は、溯《さかのぼ》ること三十三年、天正《てんしょう》十八年（一五九〇）に始まる。ここ出石に生まれた沢庵が宗鏡寺で修行していた頃、参禅に現われた宗矩と知り合ったのだった。

三十年余の歳月を経たこの年、沢庵は十四郎より三十年上の五十一歳、宗矩は五十三歳を数えていた。

「その腕があれば仕官は思いのまま。よろしければ御推挙いたすが」

「無駄だ、無駄だ」

沢庵が、伝法《でんぽう》な物言いをした。

「凄《すご》い御仁《ごじん》が後ろにおられるのだが、仕官せずに通しておるのだわ。と言うのも、仇持ちなのだ」

「御坊」

たしなめようとした十四郎の目の前に、沢庵が一通の書状を差し出した。

「その凄い伯父御からだ」

添状があり、三つの寺を経て届けられた経緯が書かれていたと、沢庵が言った。

十四郎は文を読み終えると、沢庵に渡した。沢庵は手早く読むと、

「江戸に来よ、との思《おぼ》し召《め》しか……」

江戸には、各地から名の知れた剣客が集まって来る。上手《うま》くすると、何かの拍子に、仇の消息《しょうそく》を知る者に出会えるかもしれない。

「いかがする？」

「お呼びとあらば、参上するしかありませぬな」

「さもあろう」

「伯父には頭が上がりません」

十四郎は、伯父に生計《たつき》の世話を受けていた。京や大坂など遠方に用向きが出来ると、伯父は各地の主立った寺社宛《あて》に訪ねて来るよう飛脚《ひきゃく》を走らせた。そして現われた十四郎に幾許《いくばく》かの金子《きんす》を費《つい》えとして渡してくれるだけでなく、仮寓《かぐう》してい る寺社などにまとまった額の寄進《きしん》をしてくれていた。

宗矩が、口を挟んだ。

「槇殿の後ろにおられるお方とは？」

沢庵が事もなげに言った。

「今や、最も将軍家に近しいお方、と言えばお分かりじゃろう。土井大炊頭《おおいのかみ》利勝

様じゃよ」

三

槇十四郎正方が、大炊殿橋御門内にある土井利勝の屋敷に住まうようになって一か月が経った。

大炊殿橋は、後の神田橋《かんだばし》のことである。この当時は、近くに大炊頭利勝の屋敷があったので、そのように呼ばれていた。

十四郎は、出石から京に出、中山道《なかせんどう》を通って江戸に入った。東海道《とうかいどう》には数多《あまた》の大河があるために、増水による川止めが多い。中山道の方が旅程を立てやすいこともあったが、それよりも東海道は仇を探して歩いたばかりであった。ために中山道を選んだのだが、風雨にたたられてしまい、余程《よほど》身形が汚かったのだろう、門番に咎《とが》められ、御門脇の番所に留め置かれてしまった。

——名乗ればよかったではないか。

利勝に説教を食らったが、敢《あ》えて名乗らなかったのは、土井家の小者から主の評判を聞くためだった。

——して、何と申しておった？

——意外にも、悪口は出ませなんだ。

利勝は、代を引き継いでの藩主ではない。一代で頭角《とうかく》を現わし、幕府《こうぎ》から十人の徒士《かち》を下賜《かし》されて始まった藩主の座である。家臣を遇するには、篤《あつ》かった。

——儂は儂なりに苦労しておるのだ。分かったか。

利勝は満足そうな笑い声を上げると、屋敷の者を大広間に集め、十四郎を引き合わせた。

——殿。

古参の家臣の一人・潮田《うしおだ》勘《かん》右衛《え》門《もん》が、今後十四郎を何と呼べばよいのか尋ねた。

——我ら古参の者は十四郎様とお呼びして参りましたが、槇の名をお名乗り遊ばすとのこと、改めて承《うけたまわ》りました。されど、新参の者らは戸惑《とまど》うこともございましょう。槇殿では、いささか遠慮があるようにも思われまする。十四郎様、あるいは甥御殿《おいごどの》では、いかがでございましょうか。

——どうだ？

いささか面映《おもば》ゆくはあったが、十四郎に異存などなかった。

——では、そのようにいたせ。

その日以来、十四郎は甥御殿と呼ばれることになった。

下城し、屋敷に戻った利勝は、小姓組頭《こしょうくみがしら》に十四郎を表の奥書院に呼ぶように命じた。

程なくして、奥書院に十四郎が姿を現わした。総髪《そうはつ》を無造作に後ろで束《たば》ねている。

利勝は、一口茶を啜《すす》ると訊いた。

「月代《さかやき》を剃《そ》り、髷《まげ》を結《ゆ》おうとは思わぬのか」

「これが一番楽でして……」

「宮仕えはそなたには窮屈なものに思えようが、これも存外悪くないものだ」

「…………」

利勝が尋ねた。

「仇の消息は、知れたか」

「それが、一向《いっこう》に……」

「樋沼潔斎《ひぬまけっさい》と申したか」

「はい」

「貴一郎は正式な果たし合いを申し込み、不運にも負けた。剣士としては、悔いなき生涯だったやもしれぬ。が、後に遺《のこ》された者の思いは、また別じゃ。焦るではないぞ。生きておれば、必ず見付かる」

「はっ」

十四郎は、僅かに頭を下げた。

「時折出掛けているようだが」と利勝が、思い直したように言った。「何をいたしておる?」

町の道場を見て歩いていた。

「剛の者はおったか」

「なかなか」

「心強いことを申すの」

利勝は再び茶を口に含むと、柳生屋敷を何度訪ねたか、と訊いた。

江戸に来て既に三度訪ねていた。虎ノ門《とらのもん》の上屋敷に一度と、麻布日ガ窪《あざぶひがくぼ》の別邸に二度であった。

「あれは、腹の読めぬ男だ……」

家康、秀忠と代を継ぎ、譜代外様《ふだいとざま》を問わず、隠密裡《おんみつり》に藩の内情の探索をしているのが柳生だった。内証《ないしょう》が豊かだとして、天下普請《てんかぶしん》に駆り出された藩の怨嗟《えんさ》の声も、利勝の耳に届いている。

（土井と柳生が近しくなってはならぬ）

恨みは誰かに向けて発せられる。徳川家に向けて発したくとも、相手が大き過ぎる時は、小さなものに向けられる。

（それが柳生だ）

譜代の臣でもない柳生をこれまで使い続けて来たのは、いつでもためらうことなく切り捨てられるからだった。よう考えられたものよ、と利勝は、柳生を臣下に加えた家康の冷酷さに震えるものを感じた。

（それと分かっていて仕える柳生も柳生か……）

宗矩の取り澄ました顔を思い浮かべ、

「あまり」と釘《くぎ》を刺した。「近付き過ぎぬが賢明ぞ」

十四郎は、政《まつりごと》の裏面にさして興味を持たなかったが、伯父の言葉の真意を推し量りつつ、

「心得ました」

と答えておいた。

「それを申しておこうと思うてな……」

利勝は掌《て》で膝を叩《たた》くと、弾みを付けて言った。

「どうだ、剣の工夫は。進んでおるか」

「いささかは」

「励んでくれ。そなたを頼りにしておるのだからな」

「まあ、何とかなるでしょう」

「此奴《こやつ》めが」

利勝は思わず苦笑を漏らした。飄々《ひょうひょう》として摑みどころのないところもあるが、一度牙《ひとたびきば》を剝《む》けば鬼神の如《ごと》きはたらきをすることを知っていた。

十四郎は、ふと表情を改めると、利勝を真正面から見詰めた。

「伯父上、少しお話を承りたく」

「どうした、改まって」

「もし、伯父上が今のようなお立場ではなかったとしたら、如何様《いかよう》に世を渡られたい、と思《おぼ》し召したか、と。近頃そのようなことを、思うことがあるのです」

「沢庵殿に何か言われたか」

「まあ、そうです」

「左様か」

利勝は軽く頷くと、くつろいだ姿勢を取った。

「そなたの父、貴一郎が土井家に来た頃はな、儂は既に二代様のお側近くに仕えていた。貴一郎とは年もかなり離れておったし、儂も日々お役目をこなすのに必死だった。だから、貴一郎と腹を割って話すこともなかった。後々ゆるりと話せる日もあろう、と思っていた。今思えば浅はかであった。あのように……」

いや、これは愚痴だな。利勝の面《おもて》が曇ったのは手燭《てしょく》の焔《ほのお》が陰ったせいばかりではなかった。

「貴一郎を見る度に思ったものだ。あのように欲も我もなく、剣のみに打ち込めたら、となる。武門の家に生まれたからには、誰もが夢見よう。だが、儂には剣を極める才がなかった。また、剣だけに生きることも、土井の家を継いだ以上、出来るものではなかった。悔やんでおるのではない。儂には、儂に似合った生き方が、土井家という名の下に与えられたのだ。まだまだ戦国の遺風は残っている。天下《てんが》を揺るぎないものとするため、儂は、己に与えられた立場を全《まっと》うしたいのだ」

分かるか、利勝は問うた。十四郎は無言で伯父を見返した。

「貴一郎のように生きたかった、と思わぬではない。言わば、儂にとっては見果てぬ夢のような生涯を、そなたの父は送った。だが、あまりにも早く逝《い》ってしまった。だからかもしれぬな、儂がそなたに甘いのは」

利勝の頬が、微かに動いた。笑ったらしかった。

「この身を刺客《しかく》の手に委《ゆだ》ねる訳にはいかぬ。まだまだやることがあるのでな。頼むぞ」

「命に代えましても」

「修練いたせよ」

「元より」

「うむ。下がってよいぞ」

「御免を蒙《こうむ》ります」

十四郎は一礼して退出し、自室としてあてがわれた長屋の方へ向かった。

十四郎が江戸に着いたその夜、利勝は〝甥御殿〟を改めて奥書院に呼んだ。

――そなたを呼び寄せたのは、他でもない。刺客が来るという知らせがもたらされたのだ。

──伯父上に、ですか。

利勝は目だけで頷いた。

──富田流《とだりゅう》の遣い手として名を馳《は》せた松倉作左衛門末長《まつくらさくざえもんすえなが》と言う。存じておるか。

面識はなかったが、名だけはどこかで聞いたような覚えがあった。

──富田流ならば小太刀ですな。

──立ち合うたことは？

──小太刀とは、三度程ございます。

──して？

──二度は勝ちましたが、一度は懐に飛び込まれ、散々に木刀で叩かれました。

小太刀は寸が短い分だけ小回りが利《き》くので、少々厄介ですな。

──…………。

利勝は鋭い視線を十四郎に投げ付けてから、弓を射《い》、鉄砲を撃つことが出来れば容易《たやす》いのだが狙われやすいのは、下城の折であろう。供の者どもに危害が及ばぬようにしたい。そなたに立ち合うて貰うのが最上手じゃ、と言った。

──松倉は上野《こうずけ》に懇願されたのだそうだ。

上野とは、本多上野介正純《ほんだこうずけのすけまさずみ》のことである。

父・本多正信《まさのぶ》とともに、家康、秀忠の二代にわたり権勢を誇った本多家を取り潰《つぶ》しにかかったのは、土井利勝であった。執拗《しつよう》なまでに正純の失政を調べ上げ、領地没収と蟄居《ちっきょ》を命じたのは、昨年のことだった。

（全ては徳川の御為《おんため》……）

そのことに一点の曇りもなかった。ところが、三月《みつき》前、佐竹義宣《さたけよしのぶ》預けとなった正純が蟄居していた出羽国横手《よこて》をわざわざ訪ねた者がいた。それが、正純恩顧《おんこ》の剣客、松倉作左衛門末長だった。

正純は、土井利勝を殺すよう懇願した。松倉は、婢《はしため》に至るまで耳をそばだてている囲み屋敷の中で誰を憚《はばか》るでもなく、正純の求めに応ずると約して去った。

——よう囲み屋敷に入れましたな？

——袖《そで》の下でも摑まされたに相違ないわ。まさか刺客依頼とは思わなんだであろうしな。

——油断ですな。

——油断だ。何事も油断から始まるものだ……。

言い足そうとして、利勝は口を閉ざした。十四郎の目に光が宿っている。

——富田流の小太刀は一尺五寸（約四十五センチメートル）、私の太刀は二尺三寸（約六十九センチメートル）、八寸の差があります。間合いが空けばこちらが有利、間合いがなければ向こうが有利となりましょう。これまでの御恩に報《むく》いるためにも、工夫してみます。

――頼むぞ。

真顔で答えた利勝が、手を打ち合わせた。畳廊下を擦《す》り足が近付いてき、襖《ふすま》の手前で止まった。

――ここに。

若い女の声だった。

――入れ。

襖が開き、若衆《わかしゅ》姿の女人が低頭し、膝を進めて座敷の端に折目正しく座った。髪は結い上げもせず、後ろで束ねている。十四郎は思わず瞠目《どうもく》した。

――当家では指折りの小太刀の遣い手だ。工夫の役に立つであろう。

――蓮尾《はすお》水木《みずき》にございます。

凜《りん》とした声とともに水木が顔を上げた。目を、肩を、腕を、手を、十四郎は見詰めた。水木の身体はしなやかな柳を思わせた。

――いずれの流派を？

いますの
——結城流《ゆうきりゆう》と申します。中条流《ちゆうじようりゆう》を会得《えとく》した結城二郎右衛門《じろうえもん》が興《おこ》した流儀にござ
います。
——差料《さしりよう》を抜いていただけますか。
水木は右足を立てると、ゆるりと剣を抜き、横一文字に構えて見せた。刃渡り
一尺八寸（約五十四センチメートル）。重さを減ずるためか、地金を薄く作って
あるようだった。
（出来る）
十四郎は水木に手応《てごた》えを感じた。動きに微塵《みじん》の無駄もない。
十四郎は改めて姿勢を正し、名乗った。
——よろしくお願いいたす。
水木は小太刀を納めると頭を下げた。若衆髷が揺れた。
十四郎は、その日から水木を相手に、小太刀に対する稽古《けいこ》を始めた。

四

一か月の間水木は、稽古の合間を見ては師匠や兄弟子を訪ね、松倉作左衛門に

ついて調べていた。

兄弟子の一人に、作左衛門の試合を見た者がいた。そうと知れたのは、六日前のことになる。

「行って参ります」

水木が江戸から十五里三十四町（約六十二キロメートル）離れた熊谷宿《くまがいしゅく》へ出向き、戻って来たのは昨夕だった。

「二十年程前になりますが、軽々と相手の頭上を飛び越えながら、小太刀のみを用いて対手を斬り伏せたそうです」

同じ光景を暗峠で見ていた。老人の人相風体《にんそうふうてい》が瞼《まぶた》の裏に浮かんだ。難無く相手の頭上を飛び越えていた。

（あれは、尋常の遣い手ではなかった……）

「二十年経った今、松倉殿は幾つになられるのでしょう？」

「凡《およ》そ五十五か六十位かと……」

年恰好《としかっこう》は合う。老人が腰に差していたのは、刃渡り一尺五寸程の小太刀だけだった。

（まさに……）

老人の抜き付けの一刀の速さは、到底己の及ぶところではなかった。松倉作左衛門に相違ない。

十四郎は頭の中で、立ち合いを思い描いてみた。

己の間合いを保ちながら、一の太刀を繰り出す。松倉殿は、跳ぶだろうか、間合いに踏み込んで来るだろうか。跳ばれれば、小太刀を躱すゆとりはない。間合いに踏み込まれたら、剣を躱すどころか、命が残るとは思えなかった。

「いかがなされました?」

水木の声に、十四郎は我に返った。

「松倉作左。今の私に勝てる相手ではないようです」

「かもしれませせぬ。ですが……」

水木が、言い掛けて、言葉を呑んだ。

「分かっております。勝負はこれからです。必ずや勝機を見出して御覧に入れましょう」

十四郎は、水木に礼を言うと、長屋の一室に戻り、土壁に対座した。

どうしたら先《せん》を取れるのか。

後《ご》に回ったら、先は取れぬのか。

己の太刀が虚空に流れる。松倉作左の小太刀が来る。どうしたら躱せるのか。

夜は、瞬《また》く間に過ぎていった。


そして十日が経った。

利勝の駕籠《かご》を、一人の老人が待ち受けていた。竹橋《たけばし》御殿に住まう見性院《けんしょういん》を訪ねた帰途である。

見性院は、武田信玄《たけだしんげん》の娘で、武田家滅亡の前に家康に付いた穴山梅雪《あなやまばいせつ》（信君《のぶきみ》）の正室であった。梅雪は本能寺《ほんのうじ》の変の一報を受けて、堺から家康とともに急遽《きゅうきょ》本国に向かったが、伊賀《いが》越えをする家康とは別行動をとり、伊勢を経て帰国する途次、山城国《やましろのくに》で一揆《いっき》勢に襲われ、殺されていた。

見性院は、利勝の求めに応じ、将軍秀忠が側室に生ませた幸松丸《こうまつまる》を、七つの年まで育てていた。今、幸松丸は、信州《しんしゅう》高遠《たかとお》三万石・保科《ほしな》家に養嗣子《ようしし》として入り、六年になる。利勝は、幸松丸の近況を親しく見性院に伝えるため、竹橋に足を運んだ帰りだった。

老人は道の中程に立ち、近付いて来る駕籠を見詰めたまま動かない。

「何者だ」

先頭にいた御供頭《おともがしら》と供目付《ともめつけ》の二名が、老人に駆け寄った。列が止まった。

（ん？）

前方を透かし見た十四郎の目に、暗峠で出会った老人の姿が映った。

（やはり、あの御仁であった）

十四郎が、他に待ち伏せしている者がいないか、素早く周囲を見回すと同時に、数名の供侍《ともざむらい》が要所に駆け出し、警戒の目を配った。それぞれが一直線に駆け戻れば、駕籠を取り巻くことになる。理にかなった陣構えだった。

十四郎は改めて老人を見た。老人の後方に、峠道で見た少年の姿があった。どうやら駕籠の行手をさえぎるのは、老人と少年の二人だけらしい。

「十四郎様」

水木が、駕籠越しに強《こわ》ばった顔を向けて来た。

「水木殿、御駕籠を頼みましたぞ」

「はい」

踏み出そうとした十四郎の足を、利勝の声が止めた。

「十四郎」

「はっ」

「勝てるのか」

「どうでしょうか」

「逃げてもよいぞ」

「私がですか、御駕籠がですか」

「皆揃って一目散《いちもくさん》に逃げるのだ」

十四郎は、慌てふためき駆け出す行列を思い描いた。

「伯父上、それは笑えますぞ」

「立ち合うか」

「やってみましょう」

「そうか」

十四郎は、

「どいてくれ」

爪先《つまさき》立ちをしている中間《ちゅうげん》どもの背に声を掛け、大股《おおまた》で進み出た。

列の中程にいた用人が、御供頭と供目付に荒い声を投げた。

「何をいたしておる？　早う下がらせぬか」

「下がれ」慌てて二人が、交互に叫んだ。「下がらぬか」

老人は、何も答えずに、つつ、と足を前に踏み出した。腰には小太刀一振りが落とし差しにされているだけだった。供侍が駆けて、老人を取り巻いた。瞬時ためらった後、御供頭と供目付の二人が、抜刀して斬り掛かった。中間が、頓狂《とんきょう》な声を挙げて、塀際に逃げた。御供頭と供目付の二人は、あっと思う間もなく当て身を食らい、地に伏している。

老人の動きに無駄はなかった。十四郎の位置からでは、斬り掛かった二人の脇を擦り抜けただけとしか、見えなかった。

十四郎が老人を取り囲む輪に入った。

「殿のお側に」

左右の者に声を掛けた十四郎を見て、老人の眉《まゆ》が僅かに吊《つ》り上がった。

「そなたには見覚えがあるな……」

「暗峠でお目に掛かりました」

「あの時の」

老人が頷いた。

「松倉作左衛門殿でござるな？」

「いかにも」

ざっての」

「土井大炊の命、是非にも所望《しよもう》なさるか」

「某《それがし》は、かつて本多上野介様に仕えていた者でな、殿には返せぬ程の恩義がご
ざっての」

「それは私とて同じこと。致し方ございません。立ち合うしかありませぬな」

十四郎は、作左衛門の背後にいる少年を顎《あご》で指した。

「もし松倉殿が遅れを取られた時は、どういたしますかな？」

「お手数を掛けるが、某を骨《こつ》にして持たせてはくれぬかな」

「御弟子でござるか」

「左様、そして、孫でもござる。父にも母にも死なれての。某が育てた」

「名は何と？」

十四郎は少年に声を掛けた。

「松倉小左郎と申します」

少年が、はきと答えた。

十四郎も名乗ると、

「これから松倉殿と立ち合う。卑怯《ひきよう》な振る舞いはせぬ故、万一私が勝っても恨む
でないぞ」

「師は負けませぬ」

「…………」

作左衛門は改めて口許を引き締めると、では、と言った。

「立ち合いましょうかな？」

十四郎は供侍に、手出し無用、と叫ぶと、摺《す》り足になって横に動き、作左衛門を囲んでいた輪を崩した。

作左衛門が小太刀を抜いた。短い。刃渡りは一尺五寸。

腰を沈めた十四郎に、作左衛門がつかつかと歩み寄って来た。

手にした小太刀を構えようともしない。

（何だ……？）

作左衛門の姿が、十四郎には異様に膨《ふく》れ上がって見えた。

作左衛門の歩みが速くなり、地を蹴った。既に間合いは消滅している。

十四郎は太刀を抜き払った。過《あやま》たず、太刀は一条の光となって、老人の腰を斬り裂く筈《はず》であった。だが、作左衛門は、一つの影となって太刀の上を舞っていた。

# 第二章　虎《とら》ノ門《もん》・柳生《やぎゅう》家上屋敷

一

柳生屋敷の奥座敷は深閑《しんかん》としていた。

道場の響動《どよみ》も、奥までは届かない。

十四郎の話を聞いているのは、宗矩と嫡男《ちゃくなん》の七郎《しちろう》の二人だけだった。

「その時には、斬《き》られるのを覚悟いたしました」

「で、どうやって躱《かわ》されたのですか」

七郎が目を輝かせて訊《き》いた。十七歳の七郎は、四年前から家光の小姓《こしょう》として出仕している。

「身を投げ捨てたのです」

「身を……？」

十四郎は咄嗟《とっさ》に身体を前方に投げ出したのだった。倒れ行く身体の、耳のすぐ脇を、刃風が通り過ぎた。

――よくぞ、躱された。

立ち上がり、鞘《さや》に刀を納めた十四郎に向かって、作左衛門が再び歩み寄って来た。

間合いが消えた。作左衛門の身体が沈み、小太刀《こだち》が横に払われた。十四郎の着物の袖《そで》を斬り、僅《わず》かに肉を殺《そ》いだ。揉《も》み合うようにして、身体が離れる瞬間、十四郎の太刀が腰間《ようかん》を滑り出た。作左衛門の胸から肩へと刃先が走った。紙一重《かみひとえ》のところで躱した作左衛門が、十四郎の太刀《たち》の軌道をなぞるようにして剣を送り出して来た。十四郎の胸と肩を掠《かす》り、着物が裂けた。もし十四郎が片手斬りではなく、両の腕で太刀を握っていたならば、確実に片腕は飛んでいただろう。刹那《せつな》、舌打ちをした作左衛門が、再び地を蹴《け》ろうとした、まさにその時、作左衛門の懐《ふところ》に飛び込んだ十四郎が裂帛《れっぱく》の気合とともに突きを入れた。

十四郎の太刀は、半《なか》ば近くを作左衛門の腹に埋めた。

――まさか、突きで来るとは……。

作左衛門は、血の塊《かたまり》を吐きながら絶命した。

目を閉じて聞いていた宗矩が、

「作左衛門殿と三十年程前に立ち合《お》うたことがござる」

と言った。

「権現《ごんげん》様と京の紫竹村《しちくむら》でお会いいたす数年前のことであったが、儂《わし》は手も無く捻《ひね》られてしもうた」

「親父《おやじ》殿が、でござりまするか」

「小手を取られての。その時の腕の痺《しび》れは、忘れられぬわ。木刀でなければ、今頃は、ここから」

と言って、右の手首を左手で叩いた。

「先はなかったところだ」

「その頃の作左衛門殿の動きは、さぞや速かったことでしょうな」

「猿《ましら》のようであった……」

宗矩が振るう木刀と、小太刀を打ち合わせることなく、掻《か》い潜《くぐ》り、あるいは飛び越え、宗矩が気付いた時には間合いのうちに潜《もぐ》り込んでいた。

「七郎殿」

十四郎の声に、七郎が向き直った。

「負けが人を強くさせるのです。私にしても、傷だらけです。此度《こたび》もまた、腕を斬られました」

十四郎が袖をたくし上げた。腕に巻かれた布の芯に、血が滲《にじ》んでいた。

七郎は頷《うなず》くと、宗矩を見てから十四郎に、

「発《た》たれると伺いましたが、実《まこと》でしょうか」

十四郎は江戸を離れることに決めていた。暇《いとま》を告げるために、柳生を訪ねたのだった。

「江戸に長居し過ぎました」

「寂しゅうなります」

七郎が畳に両の手を突いた。

「せめて、最後に何かお教えを」

「いや、柳生様を前にして私がお教えすることなど……」

「是非とも」

宗矩が、頭を下げた。

「……では」

十四郎は、七郎の口に折り畳んだ懐紙《かいし》を一枚銜《くわ》えさせた。

「よろしいですか、勝負は一寸ではなく、五分を見切った者が勝つのです」

十四郎の腰から太刀が滑り出し、七郎が銜えた紙片を 唇《くちびる》 から五分のところで切り落とした。七郎は瞼《まぶた》を毛程も動かさずに、太刀を見据えていた。

「その呼吸をお忘れになりませぬよう」


十四郎を見送りに行った七郎の帰りが遅い。

（まだ話し込んででもいるのか……）

宗矩は、己が太刀を手に取り、十四郎が話した太刀筋をなぞってみた。

「ここで、突きか」

宗矩の太刀が虚空《こくう》を貫いた。

（槇十四郎、面倒な男が現われたものだな……）

太い息を吐き出した宗矩の耳に、足音が届いた。二つだ。

（七郎と、今一人は誰だ？）

七郎に伴われていたのは、両角鳥堂《もろずみうどう》だった。

両角鳥堂――。

暗殺剣を振るい、柳生の裏の顔を支えているのが、烏堂率《ひき》いる七星剣《しちせいけん》と呼ばれる七人の刺客《しかく》であった。

七人はそれぞれ他流派を会得《えとく》した後、宗矩と出会い、新陰流《しんかげりゅう》の門戸を叩《たた》いた。自ら流派を興《おこ》すよりも、城勤めよりも、ただひたすら剣技を研《みが》き、その技を駆使《くし》して命の遣《や》り取りをすることに無上の愉悦《よろこ》びを見出す者たちだった。

その烏堂を、稽古《けいこ》のため柳生谷から江戸に呼び寄せたい、と七郎に言われ、許したことを宗矩は思い出した。

「御屋形《おやかた》様、お久しゅうございます」

肩幅より広く両の握り拳《こぶし》を突き、烏堂が頭《こうべ》を垂れた。

「親父殿」

七郎の声が弾んでいる。

「どうした？」

「烏堂と槇殿の対決、見物《みもの》でしたぞ」

十四郎は、七郎の数歩後から板廊下を歩いていた。

板廊下は鉤《かぎ》の手に曲がっており、更に二つ角を曲がると玄関に出た。

七郎が変わらぬ足取りで歩み、角を曲がった。十四郎も続いて曲がろうとして、と胸を衝《つ》かれるような思いに足を止めた。

にわかに背中が粟立《あわだ》った。何者かがいる。角の座敷だ。

十四郎の五感は、尋常ならざる者の気配を察知していた。

いや、気配というような生易しいものではなかった。妖気《ようき》とでもいうのか、濃密なものが閉じられた障子《しょうじ》を通して伝わって来た。

七郎が通った時には感じられなかったそれが、どうして数歩後を行く十四郎の時には痛い程感じられたのか。七郎の足の運びは知悉《ちしつ》しているが、十四郎のは知らぬ――。

（そこか……）

知らぬ足音に対して警戒したのだ。柳生屋敷の奥の間に通され、七郎に伴われて歩む己に対して、心許さぬ者がそこにいる。何者なのか。何故、それ程警戒するのか。

（樋沼、潔斎……）

唐突《とうとつ》に仇《かたき》の名が浮かんだ。この圧倒的な気配は、奴か、奴なのか。父を死に追いやった、あの男ではないのか。

その日――。

十四郎は、父から文《ふみ》を届けるよう言いつかった。

「土井の本家まで持って行ってくれ。ついでの折に、江戸表におられる兄上のお手許《てもと》に届くようにしたい。添え文もあるから、家人《けにん》がよろしくやってくれよう」

「わかりました。では、直ちに」

「頼んだぞ」

父は静かに微笑《ほほえ》んでいた。いつもと変わらぬ朝だった。よもや果たし合いに向かうとは、まだ年若い十四郎には思いも及ばなかった。

土井の本家で軽い中食《ちゅうじき》を振る舞われ、道場に戻った時には全てが終わっていた。

父は、もっとも信頼していた弟子一人を立ち合い人として連れて行ったが、手出しは厳に慎《つつし》むように言い渡した。樋沼潔斎と名乗る剣客は、父の剣を物ともせず、数瞬の激しい応酬の後、父を討ち果たした。

弟子の知らせを受け、十四郎が立ち合いの場に走った時には、既に樋沼の姿はなかった。ただ父の骸《むくろ》がそこに凝然《ぎょうぜん》と在るだけだった。

剣に生きる者の習いとして、そのようなこともある、と父から繰り返し聞かされて育った。だがその日が、まさに来ようとは夢想だにしなかった。

不意に十四郎の瞼の裏に、父・貴一郎の姿が甦《よみがえ》った。厳しい稽古の間中、にこりともせぬ父が、夕餉《ゆうげ》時分になると決まって、

「腹が減ったろう、十四郎。飯にしようか」

と破顔《はがん》する。近隣の農家から手伝いに来る婆が拵《こしら》えた、米と味噌汁に何か一品あり合わせのものを添えた箱膳を前にして、親子が向かい合って座る。十四郎は、息も継がずに、せわしなく箸《はし》を動かす。おもしろいほどよく食えた。湯気の向こうで父が笑っていた。

七郎が、息を呑《の》み、立ち尽くしている。

十四郎は閉じられた障子に向かって身構え、言葉を発した。

――某《それがし》は兵法修行中の者にて槙十四郎正方と申す。よろしければ御貴殿の姓名を承《うけたまわ》りたい。

「名乗ったのか」

宗矩が尋ねた。

「あのように堂々と訊かれたのでは、答えぬ訳には参りませんでした」

「顔は、合わせたのか」

宗矩が重ねて訊いた。

「いいえ」

烏堂が首を小さく横に振った。

「そうか」

「烏堂」と七郎が、言った。「俺が榧十四郎と立ち合うて、三本に一本は取れると思うか」

「今は、取れぬかと」

烏堂の返答に迷いはなかった。

「俺もそう思う。では、何年経てば勝てる?」

「分からぬか、七郎」宗矩が太刀を刀掛けに戻してから言った。「烏堂が思わず牙《きば》を覗《のぞ》かせた男だ。そなたには当分勝てぬ」

「いずれは、俺が勝ちます」

「無論にございます」烏堂が頼もしげに言った。「恐らく四、五年後には勝てるでしょう」

「何故をもって、そう言える？」

七郎の鋭《するど》い視線が飛んだ。

「居合には対処の方がございます。つぼさえ呑み込んでおれば、居合は怖いものではありませぬ。しかも、太刀ゆきの速さには限りがあり、やがては遅くなるだけでございます」

頷いた七郎が、親父殿、と呼び掛けた。

「四、五年など待てませぬ。今、槇殿の弱点をお教え下さい」

「……ん？」

「柳生の嫡男として、槇殿に後れを取っている訳には参りませぬ」

「よくぞ申した。剣に生きる者は、すべて家の敵。稽古いたすぞ。鳥堂も参れ」

庭に下りた宗矩は、袋竹刀《ふくろしない》を七郎に渡すと、居合の構えを執った。

「参ります」

七郎が正眼から打ち込んだ。体を沈めた宗矩が、七郎の竹刀を下から掬《すく》うようにして斬り上げた。七郎は反射的に飛び退《しさ》ったが、竹刀は七郎の腹をしたたかに打ち据えていた。

「よいか」と、宗矩が言った。「居合は初太刀が勝負だ。先《ま》ず、初太刀を躱すことを身体で覚えよ。分かったな」

利勝が白湯《さゆ》を飲みながら呟《つぶや》いた。

「ご存じで？」

「両角烏堂か……」

「刺客だ。柳生のな」

烏堂率いる七星剣は、大名家に内紛を起こしたり、要人を密《ひそ》かに葬《ほうむ》るために、柳生が飼っている者どもだ、と、利勝は眉根《まゆね》を寄せた。

「凄《すご》い腕でした。仇かと思い、非礼を顧《かえり》みず名を尋ねてしまいました」

「藪《やぶ》から蛇《へび》が出おったか」

利勝は白湯を静かに置くと、それにしても、と言った。

「よう正直に答えたものよの」

「…………」

「そなたの腕が鈍刀《なまくら》ならば、偽名を使うたであろうよ」

「そうでしょうか」

「両角烏堂は、刺客ではなく、武士《もののふ》として、そなたに答えたのだ」

松倉作左衛門の一件といい、烏堂といい、と言って利勝は十四郎を見詰めた。

「そなたは本当に腕を上げたのだな。心強く思うておるぞ。これは此度の褒美だ」

袱紗《ふくさ》に包んだ金子《きんす》が十四郎の膝許に置かれた。

十四郎は礼を言って、頭を下げた。

「発つか」

「まだまだ我が一剣の及ばぬ者が多数おります。修行を続けながら仇を探しとうございます」

「儂も国持大名に心当たりはないか聞いておるのだが、埒《らち》が明かぬのだ。済まぬな」

「勿体《もったい》無きお言葉。かたじけのうございます」

「何処《どこ》に向かうつもりだ？」

「まずは上州《じょうしゅう》を回り、沢庵殿の許で参禅修行をいたします。その後は折を見て、更に足を伸ばすも一興かと」

「行く当てはあるのか」

「久しくお目に掛かっておりませぬ。叔母上の御機嫌伺いもいたさねば」

十四郎の頰《ほお》に微《かす》かな笑みが浮かんだ。

（息災《そくさい》でおられようか）

叔母の名は、千草《ちぐさ》と言った。土居利昌《としまさ》と葉佐田則勝《はさだのりかつ》の娘との間に生まれ、慶《けい》長《ちょう》七年（一六〇二）十七歳の時、秀忠付家臣に名を連ねていた朝倉宣正《あさくらのぶまさ》に嫁《とつ》いでいた。兄弟もなく母親の面影《おもかげ》すら知らぬ十四郎にとって、千草は唯一姉とも慕《した》う女性である。

十四郎が産声《うぶごえ》を上げた頃には、既に土井家を離れていたが、偶《たまさか》には顔を見せた。庭で真剣を振るう十四郎を、廊下に座り、稽古が終わるまで凝《じ》っと見ていた姿が思い返された。十四郎が、十五の頃だった。

「勘右衛門らが、別れの宴《うたげ》を開くと申しておる。楽しんでから行くがよいぞ」

「それはありがたいですな」

「生きておれよ」

腰を上げ掛けた十四郎に、利勝が言った。

「伯父上もお年故、あまり憎まれませぬように」

「分かっておる」利勝が、苦く笑ってみせた。「が、それが人の上に立つということなのだ」

二

日が傾き始めていた。

江戸から上野国館林《たてばやし》までは十八里（約七十キロメートル）。残す道程も僅かであった。

板橋宿《いたばししゅく》から中山道に入り、鴻巣宿《こうのすしゅく》を過ぎ、箕田村《みだむら》で館林道に折れる。昨夜は、箕田村から二里（約八キロメートル）の忍《おし》城下で旅装を解いていた。

江戸を発って二日。昼前には余裕を持って館林城下に行き着く予定だったのだが、利根川《とねがわ》の上流域で降雨があり、渡河に手間取ったために遅れてしまった。とは言え、先を急ぐ訳でもなかった。

この間――。

板橋宿からずっと跡を尾《つ》けている者がいた。

松倉小左郎。作左衛門が連れていた少年だった。

（仇持ちの己が、仇となってしまうとはな）

小左郎の腕がどれ程かは分からなかったが、一度は立ち合わなければ、逃《のが》れようがないように思えた。

（一分の見切りを試してみるか）

五分は見切ることが出来た。しかし、一分は一寸の十分の一、即《すなわ》ち三ミリである。これまでは、見切り、躱せたと思った瞬間、身が僅かに引いていた。

（一分を余裕を持って見切ることが出来れば、我が剣に怖いものはなくなる）

足の運びを緩め、追い付きやすくした。その時だった。

主従なのか、前方を行く二人連れの旅拵《たびごしら》えの侍が、里山の一角を指さした。

「狐《きつね》でございます」

十四郎にも直《す》ぐに見て取れた。木立《こだち》の間から、親子の狐が並んで街道を行く旅人を見下ろしていた。

「流石《さすが》、尾曳《おび》きの城でござりまするな」

十四郎も狐から目を離せずにいた。狐の親子は、見物に飽きたのか、さっと身を翻《ひるがえ》して木立に消えた。消え入る瞬間、体毛が日を受けて黄金色《こがねいろ》に光った。

尾曳城――。

館林城の別名である。天文《てんぶん》年間（一五三二～一五五五）に土豪《どごう》・赤井照光《あかいてるみつ》が仔狐を助けたところ、恩返しにと現われた親狐が照光を導き、尾で城地を示し、更に尾を曳いて縄張りを描いたという。その縄張りを元にして建てられたのが館林城だった。

狐の霊験《れいげん》はあらたかで、赤井一族に限らず、代々の城主をも窮地から救っている。攻め立てられ、万策《ばんさく》尽き、死を賭《と》して城から打って出ようとした晩、城の後方の山々に夥《おびただ》しい明かりが灯《とも》り、さては援軍か、と思い込んだ敵兵が逃げ出したこともあった。狐火だった。

「狐火を見てみたいものよの」

と一方の侍が言った。

「左様でございまするな」

従者らしい侍が答えた。

山腹《さんぷく》を点々と埋め尽くしたという不思議の灯を、十四郎は思い描いた。

と、その時、気配がした。背後から急速に迫り来る殺気だった。油断であった。

狐に気を取られ、小左郎のことを忘れてしまっていた。

ここぞ勝機、と刹那の判断を付け、小左郎が斬り掛かって来たのだ。

走った。振り返らずに走り、間合いを取り、振り向いた。

一の太刀が胸許を掠《かす》めた。

二の太刀が続いた。

鋭い。少年の力でも、小太刀は自在に動いた。

三の太刀が十四郎の胴を薙《な》いだ。小太刀の切っ先が襟と懐紙を捕らえた。

(一分を見切った！)

二人連れの武士が駆け寄って来る足音がした。

「師の仇、覚悟」

小左郎が叫んだ。

十四郎は間合いを読み、小左郎の太刀筋に踏み込んだ。

小太刀が光の筋となって胸許をよぎった。躱した、と思った瞬間、切っ先が僅かに伸びた。咄嗟に上半身を反《そ》らせ、間合いを得たのだが、鋭い痛みが奔《はし》った。

(…………！)

更に打ち込んで来た小左郎の小太刀を、十四郎の一剣が掬い上げ、弾き飛ばした。小太刀は小左郎の手を離れ、虚空に跳ねた。

「小左郎、見事だ」

十四郎が叫んだ。

――何故、私の間合いに踏み込んで来たのです？

小左郎が立ち合いの後に発した最初の言葉だった。

――無茶であったか？

――私を侮《あなど》ったのですね。

――斬られるつもりは、毛頭なかった。私にも仇がおってな。其奴《そやつ》を討つまでは死ねぬのだ。

――では、どうして斬られたのですか。

――今はそなたの天分としか言えぬ。それより、傷の手当をする。手伝え。

――どうして私が？

――斬った者の責任だ。

主従の武家が、二人を交互に見て、尋ねた。

――そなたらは、どうなっておるのだ？

館林の城下に着き、宿を定めたのは、一刻（約二時間）程前になる。

小左郎は、その時から枕許《まくらもと》を離れずにいる。

「傷口が開く故、あまり動かさぬようにな」

「ありがとうございました」

町医者を送り出したのは、宿の主人であった。主人には過分すぎる程の金子を渡してある。

「これで仇討ちはなし、とならぬか」

「止《や》めませぬ」

「私はそなたの師と堂々と立ち合うた。見ていたではないか」

「それは問題ではありませぬ。師である祖父を倒したことが問題なのです」

「……そうよな」

十四郎は小左郎に、己の仇について話した。

仇の名は、潔斎樋沼彦三郎《ひこさぶろう》。

父・貴一郎正兼は弟子を連れて近郷を歩くうちに、樋沼潔斎の太刀捌《さば》きを見た。

――見事な御腕前。是非とも立ち合うては下さらぬか。

執拗《しつよう》に食い下がり、更に求めて真剣で為合《しお》うた果ての死だった。

しかも、向かい合うた時、

――お手前の腕では、身共《みども》は斬れぬ。無駄に命を捨てるな。

とまで言われたらしい。恨む筋合いは、まったくなかった。にも拘《かか》わらず、十四郎は探し出し、立ち合おうと心に決めている。

父を、師を破った者と立ち合う。立ち合うことが亡き者への供養《くよう》にもなると信じていた。そうすることにより、己が今どの位置に立っているかが分かるだろう。

「どうしても立ち合うと言うのか」

「はい」

「此度は少々不覚を取ったが、まだまだ私には勝てぬぞ」

「分かっております」

「どこで修行をするか、心積もりはあるのか」

「いいえ」

「誰ぞ知り合いは？」

「おりませぬ」

親類縁者がどこにいるのかさえ、小左郎は作左衛門から聞いていなかった。行く当てはどこにもなかった。

「作左衛門殿が亡くなられた時は、どうするつもりであったのだ？」

「…………」

土井家の者が宗派を聞き出し、僧侶に経《きよう》を上げて貰《もら》い、荼毘《だび》に付した。十四郎も焼香をした。

遺骨はどこにやったのか。

「寺に預けました」

「撒《ま》かれたら何とした？」

我が身一つになって仇を追う。

「探します」

「路銀が尽きたら」

「薪《まき》を割るなどして、工面《くめん》します」

「そなたの年では難儀なことだぞ」

「ためらう理由にはなりませぬ」

小左郎が濁《にご》りのない瞳をぐいと向けて来た。

「では、どうだ、私と一緒に旅をするか」

「はっ？」

何を言い出すのかと、答えに窮している。

「探す手間が省《はぶ》けるぞ」

「しかし……」

「そなたの剣の行く末を見たいのだ」

「…………？」

十四郎は、間合いを見切ることにおいて人後《じんご》に落ちぬ自信があったのだ、と言った。

「そなたの間合いも完璧に見切っていた。ところが」

小左郎の切っ先が伸びた。

一分の間合いを見切ろうとしていたがために、分かったことだった。

伸びた切っ先は僅か五分にも満たない長さだったが、立ち合いにおいては生死を分けるに十分な長さだと言えた。

「もし一寸まで伸ばせれば、そなたは小太刀で名を残すことになろう。どうだ、私との旅で腕を磨け」

「私に斬られるために、私を強くすると仰しゃるのですか」

「先のことは分からぬ。取り敢《あ》えず、そうしたらどうだと言いたいのだ」

「闇討《やみう》ちはなしです。それを守って下さるのなら」

真剣な顔をしている小左郎を見て、十四郎は噴き出してしまった。途端《とたん》に激痛が傷口に奔った。

「私が真面目《まじめ》に話しているのに笑うからです」

「済まぬ。許せ」

十四郎は瞼を閉じ、これからの旅のことを思った。

三

半月が経ち、一月になり、傷口も盛り上がり、塞《ふさ》がった。腕を回すと傷口が引き攣《つ》ったが、それは、

（慣れれば気付かなくなる）

と分かっていた。

「退屈したであろう？」

小左郎は宿に居続けていた。

「済まぬが、近くの寺を回って来てはくれぬか。気散じになろう」

伯父・土井利勝からの連絡が入っているかもしれなかった。宿の主人を呼び、

城下と近隣の大きな寺を教えて貰った。

「逃げても、追い掛けますからね」

小左郎は言い残すと、足回りを拵え、宿を飛び出していった。

十四郎は床を上げ、宿の裏庭に回り、素振りをした。

この一月で、腕が萎《な》えたように思えた。足も腰も筋力が落ちている。

ゆるりと、そして徐々に力を込め、素振りを繰り返した。

汗が噴き出した。額から首筋を伝い、背と腹を流れた。

息が上がった。

暫《しば》し肩で息をしてから、小左郎に斬られた時の呼吸を手繰《たぐ》ってみた。

踏み出し、相手の間合いに入る。太刀が襲い掛かって来る。一分の間合いを見切って躱す。小左郎の時のように、万一相手の切っ先が伸びて来たとしても、薄皮一枚を斬らせ、己の間合いのうちに相手を捕らえ、斬る。相手に躱す間合いはない。

抜き打ちなればこそ、片手斬りなればこそ可能な技だった。柄を両の掌《て》で握り締めていたのでは動きに遅れが生じるだけでなく、刃の通り道になり、恐らく片腕は斬り落とされるだろう。

作左衛門が繰り出した剣は、空を斬って流れた。

（あれだ。あの呼吸だ）

何かを摑んだ気がした。これを磨き上げればいい。後は強靱《きようじん》な身体だ。太刀ゆきの速さだ。

抜き打ちを重ねた。十本、二十本、三十本。

剣を鞘に納め、風呂で汗を流し、横になった。

小左郎は夕刻に戻って来た。

伯父からの連絡はどこの寺社にも入っていなかった。

十日後に宿を引き払った。


「知らないのですか」

小左郎が頓狂《とんきよう》な声を出した。

樋沼潔斎の顔も姿も、見た訳ではなかった。供をし、立ち合いを見ていた弟子から聞かされた、年恰好と名しか知らなかった。その弟子も既に没している。

「二十代の中頃で、瘦《や》せていたそうだ。九年前の話だがな」

「出会えるでしょうか」

「潔斎は並の遣い手ではない。そのような者の所在は、噂《うわさ》に上りやすい。自《おの》ずと知れる筈《はず》だ」

「そうか」

小左郎がひどく感心して頷いた。少年の顔が分別《ふんべつ》くさくなっている。

「どうだ、元服《げんぷく》をせぬか」

「私が、ですか」

「他に誰がいる？」

館林を離れる前に髪結いを探し、小左郎は前髪を落とした。名乗りは、松倉小左郎正長《まさなが》とした。祖父の衣鉢《いはつ》を継がんとする思いを込めて、小左郎自身が決めたものだった。

同じ髪結いの手で、十四郎は頭を丸めた。

「小左郎、そなたを但馬国は出石におられる坊様の許に連れて行く。一年か二年、そこで修行をしてみぬか」

「槇殿は？」

「そうよな。頭も剃《そ》ったし、二、三か月留《とど》まってみるかな」

十四郎が掌《てのひら》で青い頭部を撫《な》で回した。

剣に生きようとする者が髪を剃る。

「私には信じられませぬ」

「形に捕らわれるな。己を窮屈にするだけだ」

十四郎が、笑って見せた。

「師とは随分違うことを仰しゃる」

「違う分だけ流派がある。それを知るだけでも修行の旅は楽しいではないか」

「楽しいと思うたことなどありませぬ」

「心を閉ざしておるからだ。心は開けておくものだぞ」

小左郎がまぶしげに十四郎を見詰めた。

忍の城下で泊まり、熊谷を越した深谷《ふかや》で宿を求め、その次の日は安中《あんなか》で草鞋《わらじ》を脱いだ。

「夜を徹して歩いたことはあるか」

「いいえ」

「夜目を鍛える意味もある。歩いてみるか」

「身体は?」

「案ずるな。それ程やわではないわ」

安中を発ち、横川《よこかわ》の関所を通り、夜碓《うす》井峠《いとうげ》を越える。千曲川《ちくまがわ》の畔《ほとり》まで行き着けば、約十四里（約五十五キロメートル）を歩くことになる。距離はあるが、途中の坂本宿《さかもとしゆく》までは平坦《へいたん》な道であり、それに続く浅間《あさま》三宿と言われる軽井沢《かるいざわ》、沓掛《くつかけ》、信濃追分《しなのおいわけ》は、旅籠《はたご》の数も宿場女郎《じよろう》の数も多く、賑《にぎ》やかな宿場である。通り過ぎるだけだが、初めての夜の歩きには恰度《ちようど》よい刺激になるだろう。

「それに」と十四郎が言い足した。「今の季節は、夜の方が気持ちがよいぞ」

六月も下旬になっていた。夏の日差しが、街道を行く二人の影をくっきりと浮き立たせた。

七ツ（午後四時）に坂本宿で飯に汁をかけただけの夕餉を摂《と》り、少し身体を休めた後、握り飯を作って貰い、六ツ（午後六時）に碓井峠に差し掛かった。

鬱蒼《うつそう》とした木立が夕日に焼けた空を隠している。

「本当に提灯《ちようちん》はいらないのですか」

坂本の宿で勧《すす》められたのを、十四郎が断っていた。

「理由は二つある」

夜目の鍛錬にならぬし、夜盗《やとう》が待ち受けていた場合、目印になってしまう。

「出るのですか」

「夜盗か」

「はい」

小左郎の顔に幼さが浮かんだ。

「三宿への行き帰りを狙《ねら》う者がおっても不思議はないであろう?」

「そうですが……」

小左郎が四囲《しい》を見回した。

木立だけでなく岩も点在していた。夜盗が隠れる場所には事欠かない。

「夜盗に出遭ったことは?」

二度あった。一度は不意を食らい慌てたが、二度目はもしかしたらという予感があった。ともに旅慣れぬ頃のことだった。

「斬ったのですか」

「斬らねば斬られるような気がしてな。三人とも斬ってしまったが……」

あれは間違いであったかもしれぬ、と十四郎が言った。

「腕の一本で済ませるべきであったと、今は思う」

「そうでしょうか」

「そなたの師匠なら斬るであろうな」

「そのように教えられました」

「恐らく夜盗よりもそなたの方が腕は上だ。出会《でくわ》した時、どうするか、今のうちに考えておけよ。迷うのが一番悪い結果を生むからな」

小左郎が左手で小太刀の位置を直した。

夜は更《ふ》けていった。静けさが空から降って来るような気がした。

二人の土を踏む音だけが、ひたひたと木立に響いた。

「見えるものだろう？」

十四郎が峠道を透かし見た。

「提灯を点《つ》けていると、光が届くところしか見えぬ。却《かえ》って己《おの》が目を見えなくさせてしまうものなのだ」

聞いていたのか否か、不意に小左郎が足を止め、腰を引いた。

「何やら気配がしますが……」

「どのような気配だ？」

十四郎も歩みを止めた。

「殺気です。息を殺して我らを凝っと見詰めております」

「猿の類《たぐ》いであろう。気にするな」

「まさか……」

木立の陰か岩の陰に身を潜め、こちらを注視している。

(これを獣《けもの》と言われるか)

人だからこそ発し得る気配ではないのか。小左郎は思いを口にした。

「仕方ないな」

十四郎は小石を拾うと、十間程（約十八メートル）離れた松に投げ付けた。小石は、過《あやま》たず松の幹を叩いた。次の瞬間、氈鹿《かもしか》と猿が啼《な》き声を発しながら、左右に散った。

(やはり獣であったか……)

小左郎は木立の中に消えた猿と氈鹿の姿を目で追った。

「よう気配に気付いたな」

「間違えました」

「人と獣の違いは、山で暮らさねば分からぬ」

人の、しかも刃を秘めた人の気配は、獣とは違う、肌に痛い独特の刺すものがあった。

「山で暮らしたことがあるのですか」

一冬を過ごしたことがあった。十九歳の時だった。

「私も山に籠《こ》もるべきですか」

「剣とともにのみある暮らしは、すべきかもしれぬな」

「覚えておきます」

「それが良い」

峠を越えようとしていた。

木立の間から空が見えた。

月光を孕《はら》んだ雲が、命あるもののように輝き、漂っている。

十四郎の足が止まった。

「いかがなさいました?」

問い掛けた小左郎を手で制し、夜盗だ、と言った。

「待ち構えている」

「気付かれましたか」

「いや、その気配はない」

小左郎は腰を落とすと、十四郎の前に回り、道筋を凝っと見詰めた。十四郎も屈《かが》んだ。道筋はただ仄暗《ほのぐら》いばかりで、どこに夜盗が隠れているのか、小左郎には分からなかった。

「大岩の陰に五人か六人おろう。一人は槍《やり》を持っている」

「どうします?」

二度と悪さが出来ぬよう、腕か足の一本を斬り落とすか、それともここで夜盗どもが引き上げるのを待つかだった。隠れ方で腕前の程は知れた。斬るのは容易《たやす》い。

「夜陰《やいん》に紛《まぎ》れての立ち合いは初めてです。やりましょう」

小左郎の目の底に光るものがあった。

(…………)

斬る。腕にしろ足にしろ、斬れば血が出る。そのまま放置すれば、間違いなく死ぬだろう。では、負傷した者を運び降ろせるように半数の者は浅傷《あさで》にするか。それに懲《こ》りて夜盗を辞めればよいが、新たに人数を集め、また夜盗にならぬとも限らない。

迷っていた十四郎の肘《ひじ》を小左郎が突《つつ》いた。

(何だ?)

目で尋ねた。

小左郎が通り過ぎて来た峠道を指さした。谷の底の方に提灯の明かりが見えた。十人程はいるだろうか。人数を頼っての夜旅の衆に違いなかった。

「やるしかないようだな」

「はい」

「小手を狙うのだぞ。出来たら親指だけを斬り落とせ」

「槍がいるのでしょう?」小左郎が前方を見据えた。「万一の時は、斬り捨ててもよいでしょうか」

「致し方あるまいな」

十四郎と小左郎は立ち上がり、足を伸ばすと、ゆっくりと歩き始めた。大岩が近付いて来る。大岩までの距離が十五間（約二十七メートル）程になった時、陰で人の動く気配が起こった。身構えたのだろう。

小左郎の鼻が微かに鳴った。笑ったのだ。

「油断するな」

十四郎が小声で言った。

「心得ています」

言い捨てると小左郎は足を速めた。大岩の左右から黒い影が飛び出して来た。八人いた。

「…………！」

「何を慌てておる？」

槍を手にした大男は、小左郎を呑んで掛かっていた。

その脇で弓を引き絞った男が、小左郎に狙いを定めている。

小左郎には、僅かな間合いで飛び来る矢を躱す腕はなかった。しかも夜である。小左郎はずるずると後退《あとじさ》った。

「小左郎、抗《あらが》うでない」

十四郎は大声を発して、夜盗の注意を引き付けた。

「命が惜しくば身ぐるみ脱いで行け」

「小左郎、言う通りにしろ」

叫びながら十四郎は小走りになり、小左郎に並び掛けたと見せて、脇差を弓の男に投げ付けた。脇差は弦《つる》を切り、男の肩口に突き刺さった。

「済まぬな小左郎、人数を間違えたわ」

十四郎の抜き付けの一刀が閃《ひらめ》いた。夜盗の一人の手首が飛んだ。怒声《どせい》が起こり、夜盗が二手に分かれた。

小左郎も地を蹴っていた。小左郎の胸倉《むなぐら》目掛けて槍が突き出された。難無く躱した小左郎の小太刀が、槍の上を滑った。男の指が飛び、次いで首筋から紐《ひも》のように血が噴きだした。

夜盗の息が乱れ、浮足立った。勝敗は、そこで決まった。十四郎の切っ先は確実に右手親指と右の手首を捕らえた。

だが、小左郎の小太刀は違った。相手をいたぶり、弄《もてあそ》ぶ、冷たい余裕が剣から生まれていた。

十四郎は剣を納め、小左郎の動きを見詰めた。

一歩、二歩と詰め寄り、相手が堪《こら》え切れずに繰り出した太刀を掻い潜ると、股《また》に一太刀を浴びせ、怯《ひる》んだ隙に首筋を斬り上げていた。

（そうとしか生きられぬのか）

殺すことが染み付いていた。

一刻も早く但馬に行き、沢庵の許で修行をさせたかった。

このままでは、天分に溺《おぼ》れ、修羅《しゅら》の道を歩むことになるだろう。

「小左郎、止《や》めい」

夜盗は、一人を除いて皆、地に転がっていた。

十四郎は瘧《おこり》のように震えている夜盗の前に立ち、刀を取り上げた。

焼きの甘い鈍刀《なまくら》だった。

十四郎は、倒れ藻掻《もが》いている男の肩口から脇差を引き抜き、男の刀を無造作《むぞうさ》に傍らの岩へ叩き付けた。堅い音を立てて、刀が真っ二つに折れた。

「二度と、夜盗の真似事《まねごと》はせぬな？」

夜盗が懸命に何度も頷いた。

「命は助けてやる。仲間の者どもを介抱して連れて行け」

「はい」

答えはしたが、十四郎の隙を見て一目散《いちもくさん》に駆け出した。

小左郎は落ちていた槍を拾い上げると、逃げ出した夜盗に投げ付けた。

槍は弧を描いて飛ぶと、夜盗の背を貫き、地に刺さった。

「卑怯《ひきよう》者は嫌いです」

小左郎は返り血を浴びた顔を夜盗に向けたまま呟いた。

# 第三章　駿府城《すんぷじょう》・附家老《つけがろう》屋敷

## 一

寛永《かんえい》二年（一六二五）。

二代将軍秀忠が嫡男《ちゃくなん》・家光に代を譲り、西の丸に引き移ってから二年が経っていた。槇十四郎正方が、松倉小左郎を伴い但馬の宗鏡寺を訪れてから、足掛け二年の歳月が過ぎ、十四郎は二十三歳になっていた。

小左郎が禅の修行を積んでいる間に、十四郎は剃髪《ていはつ》して侍僧の体《てい》で、沢庵の供をして因幡《いなば》から伯耆《ほうき》、出雲《いずも》、一旦宗鏡寺に戻り、更に越中《えっちゅう》、越後《えちご》の寺々を回った。あっと言う間に月日は経ってしまった。

「御坊《ごぼう》、それでは」

「あまり殺生《せっしょう》をするでないぞ」

「叔母を訪ねる気楽な旅故、血を見ることもございますまい」

「だと、よいがの」

「小左郎のことですが……」

この二年の間に稽古《けいこ》と称して三度立ち合い、三度とも十四郎が一方的に勝ちを収めていた。

今在《あ》る己では勝てぬ、と小左郎に得心《とくしん》させるために、敢《あ》えて立ち合わせたのだった。

「形《なり》も力も一人前ですが、中身が伴いませぬ。よろしくお願いいたします」

十七歳の小左郎の背丈は、既に沢庵を抜き、十四郎に迫ろうとしていた。

「儂《わし》から見れば、そなたも小左郎も同じだ。任せなさい」

「御坊には敵《かな》いませぬ」

十四郎は、剃《そ》り上げた頭を掻《か》いた。手入れを怠《おこた》っているので、髪が伸び始めている。頷《うなず》いた沢庵が、そなた、と十四郎に言った。

「もう出家《しゅっけ》してはどうかの？」

「既に半分出家しているようなものですからな。次にお目に掛かる時は、得度《とくど》したいと言い出すかもしれません」

十四郎は笑い飛ばすと、改めて深く首《こうべ》を垂れ、歩き始めた。

沢庵から預かった大徳寺と南宗寺の住持《じゅうじ》への書状を届けながら、叔母・千草のいる掛川《かけがわ》へと向かったのである。

出石を発《た》った十四郎は、京の紫野《むらさきの》と堺に立ち寄り、桜井《さくらい》へ出た。桜井からは伊勢《いせ》街道を通り、津《つ》から桑名《くわな》へと抜け、東海道に足を踏み入れた。

掛川までは、沢庵の手づるを頼っての寺泊まりを続けていった。

天候にも恵まれ八日目の夕方には掛川に着いた。

その掛川と遠江《とおとうみ》を治める掛川藩主・朝倉筑後守《ちくごのかみ》宣正が叔母の夫である。筑後守はまた、将軍家光の弟・駿河中納言《するがちゅうなごん》忠長《ただなが》の附家老《つけがろう》でもあった。附家老とは、幕府が親藩四家に家老として付けた大名であり、朝倉家は二万六千石を領していた。

夕刻に不意に訪ねるには、敷居が高かった。十四郎はその夜は宿に泊まり、明けて九日目の早朝、城には直接出向かずに、宿で聞いた次席家老・児玉長友《こだまながとも》の屋敷を訪ねた。

十四郎が予期していた通り、門番の応対はすこぶる冷淡なものだった。

「済まぬが、この書き付けをお取次の方にお渡し願えぬか」

土井家の祐筆《ゆうひつ》に書いて貰《もら》っていた十四郎の身分の証《あかし》を、門番に渡した。

「待っておれよ」

潜《くぐ》り戸《ど》の外で待っていると、にわかに門内が騒がしくなり、表御門が音を立てて開いた。

突然、主君の奥方様の甥《おい》が、それも幕閣《ばっかく》にあって年寄を務める土井利勝の縁者が訪ねて来たのである。中では大騒ぎになったらしい。

「知らぬこととは申せ、平《ひら》に……」

門前に馳《は》せ参じた児玉長友が、深々と腰を折った。

「こちらこそ申し訳ござらぬ。何せ、この姿ですので、直接城に出向くと面倒なことになるかと思いましてな」

羽織すら着けず、袴《はかま》を穿《は》いただけの気楽な姿だった。しかも、頭は丸めている。

「どうぞ、お上がりになられて、御休息を」

長友は、脇に退いて、玄関の方に歩を進めるよう態度で示した。

「いや、お心遣いはありがたいが、先《ま》ずは城への案内《あない》をお願いいたす」

十四郎は児玉長友に騒がせた詫《わ》びを述べると、すぐさま駿府へと出立した。

叔母の千草は、先月の中頃から、夫・筑後守宣正とともに駿府の附家老屋敷にいると教えられたからだった。掛川から駿府まで十一里二十五町（約四十六キロメートル）。男の足で一日の距離だった。

――御嫡男の民部《みんぶ》様が前年越後守に叙任なされてこの方、何やかやと祝い事が続いたのですが、先月にも一寸《ちよつと》した祝いがございまして。

そのまま、駿府の屋敷に居続けているという話だった。

――知らせは無用に願います。驚かしてやりたいですからな。

と、長友に言っておいたのだが、日坂《につさか》の手前で早馬に抜かれていた。急使を立てたのだろう。

（仕方ないな）

長友の屋敷を発つ時にも、駕籠《かご》や案内の同行を断るのに汗を掻いてしまった。

（伯父上のところもだが、大名の御家中というのはとかく仰々《ぎようぎよう》しいものだな
……）

駿府に入った時には、夕暮れ刻《どき》になっていた。時刻を気にして、どうしようか

と迷ったのだが、待たれているのが分かっているのに、宿に泊まる訳にはいかなかった。十四郎は、町屋の向こうに見える駿府城に向かった。

朝倉家の附家老屋敷は、城内の三の丸にあった。

(面倒なものだ。また門番に止められるのか)

城の石垣を見上げて溜《た》め息《いき》を吐《つ》いた十四郎の脇を、町の衆が飛ぶように走って行った。

(江戸と変わらぬな)

この当時、江戸の人口が約十五万人であるのに対して、駿府には約十二万人の人がいた。亡き家康の御威光《ごいこう》を慕《した》って集まって来た者どもだった。

城が近付いて来た。大きい。

天守を見上げていた十四郎の前に、いかにも御城勤めらしい、身形《みなり》の整った四人の武士が居並んだ。朝倉家の家士《かし》らしい。

年嵩《としかさ》の者が、膝《ひざ》の上に掌《て》を当て、小腰を屈めた。

「土井」と言った。「あるいは槇十四郎様でござりまするか」

「朝倉家の方々でございますな」

四つの頭が同時に縦に動いた。

「お迎えに上がりました」

「私だと、よう分かりましたな」

八つの目が、十四郎の頭から着衣を行き来した。

「寺で修行をしておりましたので、このような形《なり》で恐れ入る」

合点《がてん》したのか、四つの顔に安堵《あんど》の色が浮かんだ。十四郎は思わず頭を掻いた。

大手門を閉門の刻限ぎりぎりに通り、三の丸の屋敷へと急いだ。

松を植えた庭園を過ぎると、附家老屋敷の土塀がどこまでも続いていた。

「広いなあ。これでは迷子《まいご》になるな」

思わず口に出して呟《つぶや》いた時、黒い影が一つ、庭園に面した土塀を飛び越え、路上に下り立った。

十四郎は咄嗟《とっさ》に四人を土塀の陰に隠すと、

「声を立てられるな。賊《ぞく》です」

角から影の様子を窺《うかが》った。

影は辺りを見回すと、短く鋭《するど》い口笛を吹いた。二つの影が、続いて土塀から路上に飛び下りた。影どもは覆面を取ると、脱いだ忍び装束《しょうぞく》を裏に返して身にまとい、羽織に腕を通し、十四郎が隠れているとも知らずに近付いて来た。

（三人か……）

一人が庭に忍んで、二人を床下に送り込む。その二人が揃《そろ》って中奥まで忍び込むのではない。中奥まで行く一人を、残りの一人が補佐し、警護するのだ。そこまで注意を払えば、見回りの者に露見する恐れはかなり低くなる。御城勤めの侍の考えではない。忍びの習練を積んだ者であることが見て取れた。

「手出し無用。怪我《けが》では済みませぬぞ」

十四郎は言い置くと、土塀の角を曲がり、影の前に立ちはだかった。

「不審なる振る舞い。見逃す訳には参らぬ」

反射的に飛び退った三人が、抜刀した。

「盗《ぬす》っ人《と》の類《たぐ》いではないようだな？　名乗らぬか」

十四郎の風体《ふうてい》を凝《じ》っと見ていた一つ目の影が、圧《お》し殺した声で、二つ目の影に囁《ささや》いた。

「我らで十分であろう。任せい」

二つ目の影が引き下がるのと入れ替わり、三つ目の影が歩み出《い》で、一つ目の影に並んだ。二人の剣が、まったく同じ動きをして、十四郎に迫った。

「柳生か……」

同じ太刀《たち》筋で掛かられては、防ぐに難渋するのは必至だった。数で討つ。柳生の殺人剣の骨法《こつぽう》は、そこにあった。

ちらと十四郎の脳裡《のうり》に、宗矩の顔が浮かんだ。

（斬《き》っては上手《うま》くないかの……）

宗矩との情誼《じようぎ》が頭を掠《かす》めた。しかし、話して分かる相手とも思えなかった。二人の殺気は、弥《いや》増している。

（問答無用で斬ると言うのか……）

直《す》ぐに口封じに走る。それが、気に入らなかった。

（許せぬ）

十四郎は、間合いに入り込むと、脇差を抜き、抜いたと見せて、一方の影に投げ付けた。

影が上体を反《そ》らせるようにして躱《かわ》した。二人の呼吸が乱れた。左右に分かれた一方の懐《ふところ》に飛び込んだ十四郎が、掬《すく》うようにして腹から心の臓を斬り払った。

夜目に黒く、血飛沫《ちしぶき》が噴いた。

「柳生の者が、何をしておったのだ？　答えい」

十四郎は素早く血振《ちぶ》りをくれると、太刀を鞘《さや》に納めた。

後ろに下がっていた三つ目の影が、ゆっくりと一つ目の影の背後に隠れた。横二人の攻撃ではなく、縦二人の攻撃の構えだった。

前の者が斬り掛かる。たとえ斬られても相手の剣か身体《からだ》に組み付き、自身もろともに、背後の仲間に斬らせる。己を無にした殺法《さっぽう》だった。

「投げるものは、もうあるまい」

一つ目の影が、足指をにじるようにして間合いを詰めて来た。十四郎は腰を沈めた。斬った瞬間、男の手から、刀と我が身を逃さなければならない。

(出来るか……)

十四郎が更に身体を沈めた時、屋敷の中から声が起こった。

「曲者《くせもの》だ。出合えい」

声の許《もと》へと駆け付ける足音が、邸内のそこかしこから聞こえてくる。

「…………」

二つの影は、それぞれ一歩ずつ身を引くと、

「その顔、忘れぬぞ」

言い捨てて、素早く、十四郎に倒された仲間を抱え上げ、松の植え込みの中に消えた。

十四郎は構えを解き、懐紙《かいし》で刀を拭《ぬぐ》った。柳生の忍びは諸国に散らばり、秘かに各藩の動きに目を光らせているという。しかし、何故ここ駿府におるのか。十四郎には分からなかった。

屋敷の者どもが駆け寄って来た。一部始終を見守っていた朝倉家の四人の家士が、十四郎の前に回り込み、龕燈《がんとう》の光の中に飛び出した。

「儂らだ」

と言い、付け足した。

「賊を斬って捨てたは、ここにおわす甥御様だ」

「…………」

反応が鈍《にぶ》い。児玉長友からの火急の知らせを受けた者にしか、伝わっていないのだろう。

「甥御様って誰だ？」

家士の一人が横にいた同僚に尋ねた。十四郎の耳にも届いたが、聞こえぬ振りをした。

二

廊下に衣擦《きぬず》れの音がした。千草が奥から現われたらしい。朝倉筑後守宣正はにわかに口を噤《つぐ》み、後で、と十四郎に目で合図をし、

「何年振りに、なられますか」

語調を改めた。

「最後にお目に掛かったのは、私が十五の頃ですから、もう八年になりますか。伯父上のお許しを得て、剣の修行に出る前にご挨拶《あいさつ》しました」

「母はもう四十になりまする」

嫡男の民部が言った。二十二歳になる民部は、忠長の側近くに仕えていた。

「聞こえましたよ」

襖《ふすま》が左右に開き、千草がにこやかな笑みを湛《たた》えて現われた。土井の屋敷の廊下に座り、十四郎の稽古を凝っと見ていた頃の面差《おもざ》しと何も変わっていない。千草は、十四郎の斜め前まで進み来ると、しとやかに膝を折り、手を突いた。

「お久しゅうございまする」

頭を上げながら、小首を傾《かし》げ、その頭は、と言った。

「どうなさいました？」

髭《ひげ》は剃ったが、髪は短いながら伸びるに任せている。

「僧侶の真似事《まねごと》をしておりましたもので」

「まあ」

千草が鉄漿《おはぐろ》で染めた黒い口を丸く空けた。

「どこの何という寺です、そのような勝手をさせたのは？」

宗鏡寺の名を出した。

「沢庵という坊様でして……」

「その名には聞き覚えがありますぞ」

宣正が、大徳寺の住持を三日で辞めた反骨の御坊だ、と千草と民部に話し、

「そうでありましたな？」

十四郎に尋ねた。十四郎が答えるより早く、千草が応じた。

「変わり者が二人揃ったのですね」

「叔母上、それでは返事に窮します」

頭に手をやった十四郎を温かな笑い声が包んだ。宣正も民部も、初対面とは思

えぬ程、屈託《くったく》がなかった。幼くして母を失い、剣のみに生きた父との二人暮らしでは、声を上げて笑うことなどまれだった。

「今では奥も」と宣正が言った。「四人の子の母でござる」

そのことは、次席家老から聞いていた。側室腹はなく、すべての子を千草が産んでいた。

「お丈夫でなによりです」

「はい。殿様が大切にして下さりまする故と心得ておりまする」

「これは御馳走《ちそう》さまでした」

「十四郎殿、冗談《てんごう》はそれ位にして、お食事を差し上げましょう」

千草の言葉を合図に、控えていた奥女中たちが静々と膳部を運んできた。

「さ、先ずはこちらをお摘まみくださいさい」

茶色い豆のようなものが、小皿にこんもり盛られている。

「これは？」

「零余子《むかご》と申しまして、山の芋《いも》の芽のようなものでございます」

「ほお」

早速一つ、口の中へ放り込んだ。ふくふくと柔らかい。思わず二つ、三つと摘まんだ。

「海のものも如何《いかが》？」

宣正が別の小鉢を指した。

「駿河の海でとれる鯵《あじ》をぬたにしたもので、奥の得意の品でござるよ」

艶《つや》やかな魚の肌を酢味噌が包んでいる。

「これはまた、絶品ではありませんか」

千草が嬉しげに、袂《たもと》で口許を覆った。

ひとしきり舌鼓《したつづみ》を打っていると、

「最後はこれを、是非召し上がってくだされ」

民部が大きなすり鉢を持ってきた。

千草が手早く大ぶりの茶碗に麦飯を軽く盛り付け、すり鉢から白くとろりとしたものを木杓《きしやく》で取り、麦飯に掛け回した後、葱《ねぎ》を散らした。

「安倍川の西、鞠子《まりこ》の宿《しゆく》の名物、とろろ汁でございます。まずはご賞味くださ い」

「これは…初めて目にしました。如何様《いかよう》にして食すものですか」

「少々行儀は悪うござるが、こう、丼を抱え上げ、飯ととろろを混ぜ合わせ、後はひたすらざあざあと流し込むかに食すのです」

　宣正は見本を示そうというのか、既に丼を高々と上げている。

「ざあざあと、ですか」

「左様、ざあざあと、でござる。土地《ところ》の者はそれが一番と申しております」

「では、御相伴《しょうばん》を」

　教えられた通り、丼を掲げて、麦飯ととろろを混ぜ合わせ、思い切って啜《すす》り込んでみた。ひんやりしたとろろと、温かい麦飯が絶妙に絡み合っている。

「これは……」

　たまりませんな、という言葉を呑み込み、丼に顔を埋めた。するすると喉を通り過ぎ、あっと言う間に一膳を平らげてしまった。

「お代わりを召し上がられましょう？」

　千草が微笑《ほほえ》みながら、手を伸ばしている。

「是非にも」

　すぐに二膳目が手渡された。またしても、あっと言う間に食べてしまった。

「鞠子のとろろ汁は、白味噌で山の芋の擂《す》り下ろしを溶いておりましてな。この具合が実《まこと》によろしく、いくらでも入ってしまうのです」

宣正の言葉に、

「実に、実に」

相槌《あいづち》を打ちつつ、十四郎は早くも三膳目を頬張っていた。四膳目のお代わりをした時、ふと一座の視線が己に集まっているのに気付き、十四郎はにわかに気恥ずかしくなり、空咳《からぜき》を一つ、拳《こぶし》の中に落とした。

「叔母上は、ずるいお方ですな」

「まあ」

「このように美味いものばかり常日頃から食しておられるとは。江戸の伯父上に知られたら、この贅沢《ぜいたく》者めが、とお叱りを受けますぞ」

「あれ、いやな」

千草は笑いころげた。

「では、もうお代わりはなさいませんね」

「誰がそんなことを言いましたか？」

十四郎は瞬く間に四膳目を終えると、決然として五膳目のお代わりを促した。

宣正は、千草と十四郎を交互に見つつ、笑いを噛み殺していたが、暫《しば》くして、

「奥よ」と声を掛けた。

十四郎殿と積もる話もあろうが、それは明日にしてはくれぬか、と言った。

「今宵《こよい》は、ちと御用向きのことで、江戸の話を聞かせて貰いたいのでな」

広大な大名屋敷の奥には、表の騒ぎは届かない。曲者の件は、千草には知らされていないのだろう、と十四郎は思った。

「暫くは駿府に？」

千草が尋ねた。

「もし、よろしければ、私としては、そうさせていただきたいのですが」

「では明日も、何か美味《おい》しいものを作りましょうね」

千草が、幼女のように胸の前で両の手を合わせた。

「土井の家の躾《しつけ》を疑われますぞ」

十四郎の軽口に送られて、千草が下がった。気配が廊下から消えるのを待って、

「柳生の者というは、実で？」

宣正が訊《き》いた。

「先程も屋敷の見回りの者が、曲者に当て身を食らい、気絶させられていたのだが、その者は家中では聞こえた遣い手であったのだ」

「間違いございませぬ。私が斬り捨てた者か、その仲間に倒されたのでしょう」

「すると」と、民部が言った。「幕閣の誰かが？」

「さもなくば、将軍家であろうの」

宣正だった。

柳生を動かせる者は限られている。

「なぜでしょう？」

「附家老の役目として、江戸表に中納言様の動静を伝えているのだが、儂が隠していることでもあるか、と探りを入れてこられたのかもしれぬ」

「なぜ兄が、弟の周囲を調べるのですか」

「兄弟の仲がよいとは、限らぬであろうが」

宣正が、ぽつりと言った。

翌朝、十四郎《の》は寝過ごしてしまった。

夜具を払い除け、大きな欠伸《あくび》をした時には、巳《み》の中刻（午前十時）を過ぎていた。

「何と怠惰《たいだ》な」

襖を開けて入って来るや、襷《たすき》を掛けた千草が庭障子《しょうじ》を開け放った。朝の空気が座敷に流れ込んで来た。十四郎はもう一度伸びをして、

「奥方様とも思えぬ姿ですな」

「十四郎殿こそ、武芸者とも思えぬ、腑抜《ふぬ》けた顔でございます」

「こんなに気持ちよく眠ったのは、久し振りです」

十四郎は、夜具を掌《てのひら》で撫《な》でた。絹に包まれた綿が陽《ひ》を受けて温《ぬく》い。

「筑後殿は？」

「疾《と》うに登城されました」

「民部殿は？」

「今頃屋敷にいては、お役が務まりませぬ」

「そうでしょうな」

「さっ、お着替えを」

千草が、隣室への襖を開けた。更衣箱に、新しい着物が用意してあった。昨夜自ら針を持ち、急ぎ宣正の着物を仕立て直したものだった。

「合いますか、どうか」

千草は十四郎の背に着せ掛けると、一歩足を引いてから膝《ひざ》を折り、座った。

十四郎が袖《そで》に腕を通した。丈《たけ》も裄《ゆき》も、ちょうどよかった。

「ようお似合いですこと」

「ありがとう存じます」

「はい」

「嬉《うれ》しいです」

「はい」

膝に掌をのせ、微笑みながら甥を見上げていた千草が、まだ独り身なのかと訊いた。

「はあ……」

「何かと手が行き届かぬでしょう、お貰いになる気はあるのですか」

「無理ですよ」

「何が無理ですか」

「仇《かたき》を討つまでは、とてもそのような気にはなれませぬ」

「尋常な立ち合いであったと聞いています。それでも仇と言われるのですか」

「祖父から父へと受け継がれた、我が抜刀流の仇です」

「武芸者とは、悲しいものですね」

「…………」

陽が更衣箱に射《さ》し込んでいる。舞い上がっていた埃《ほこり》が、金色に光った。

千草が、思い出したように尋ねた。

「昨夜、賊が忍び込んだのですか」

話してよいものか、十四郎は瞬時迷った。

「賊の一人を斬ったとか……」

「はい」

「何か盗まれたのでしょうか」

「詳しくは知りませぬが、文箱《ふばこ》を荒らされたようですな」

「…………」

「何ぞ、心当たりでも?」

「そのような賊が、藩の御重職の方々の御屋敷にも入っていると聞き及んでおります」

十一歳になる四男の甚三郎《じんざぶろう》が、障子の陰から覗《のぞ》いては、廊下を駆けて行く。甚三郎は伯父・利勝の通り名だった。部屋の中では、十四郎が千草の手で登城の支《し》度《たく》を進めていた。

「はしたない」

と千草は口では言うが、目許は笑っていた。

中納言忠長が十四郎の滞在を知り、登城をするよう促されたのだった。城中では、賊の一人を斬ったことが知れわたり、

――朝倉様の甥御は居合《いあい》の達人でな、まさに〝天狗《てんぐ》〟よ。

という話になっているらしい。

――私が天狗とは、尾鰭《おひれ》が付くものですな。

――十四郎様は、お強いのですね。

甚三郎が熱っぽい目で言い、それから何やら態度が違っている。

髭を剃り、着物も新しいものに着替えた頃に、

「では、参りましょうか」

民部が迎えに来た。

三の丸の屋敷を出、本丸に向かった。

手入れの行き届いた松が並び、水を湛《たた》えた堀に石垣と櫓《やぐら》が映っている。駿府城は、壮大にして、気品に満ちていた。

本丸御門を潜《くぐ》り、御玄関門を通る。更に歩き、玄関で刀番に刀を預け、脇差一つになっていると、御坊主《ぼうず》が案内すると言う。

「では十四郎殿、後程」

民部とは、式台で別れた。十四郎は右に、左にと歩かされて、控えの間に通された。八畳の部屋には、十四郎の他には誰もいない。

「ここで待てばよろしいのか」

「左様にござります」

「相分かった」

御坊主が去るのを待って、ぐるりを見回していた十四郎は、一方の襖の向こうに人の気配を感じた。

(はて……)

十四郎は、そっと立ち上がると襖に歩み寄り、開けてみた。

裃《かみしも》姿の武家がいた。正座の姿勢を崩さずに、首だけ捩《ねじ》向けて、驚いたように十四郎を見ている。十四郎同様、拝謁《はいえつ》の番が来るのを待っているらしい。

「御無礼」

十四郎は襖を閉めると、座っていた位置に取って返し、腰を下ろした。

半刻《はんとき》（約一時間）程後、御坊主が宣正を案内して来た。

「では、参りましょうか」

殿は殊《こと》の外《ほか》御機嫌がよろしいですぞ、と宣正が耳打ちをした。

「それは、何よりですな」

畳廊下を奥へ進み、白書院の入り口で御坊主に脇差を預け、十四郎は無腰《むごし》となって拝謁の場に臨《のぞ》んだ。

忠長は白書院の上段の間にいた。端整な顔立ちがそうさせているのだろう、二十歳という年齢以上に落ち着いて見える。

「槇十四郎正方にござりまする」

宣正が、言上《ごんじょう》に及んだ。十四郎は宣正の斜め後方に座り、平伏した。

「苦しゅうない、面《おもて》を上げい」

十四郎は顔を起こすと、中納言家を正面から見据えた。忠長の目には、十四郎の視線を受け止め、跳ね返す力があった。

（うむっ）

十四郎は、宣正の主に手応《てごた》えを感じた。

「其《そ》の方《ほう》が、〝天狗〟か」

真っ向からの攻めだった。手応えは確信に変わった。

十四郎は、宣正を見た。宣正も、後方に首を向けて、返答を聞こうとした。

「よい。直答《じきとう》を許す」

「はっ」

十四郎は、首を僅《わず》かに前へ倒した。

「それだけの腕なのに、何故仕官せぬ？」

「領地を賜《たまわ》るは、手枷足枷《てかせあしかせ》。邪魔になるだけでござります」

「邪魔か」

「はっ」

忠長は気持ちよさそうに笑うと、十四郎の名を呼んだ。

「其の方は多くの武芸者を見てきたであろうが、余の腕が立ち合わずして分かるか」

「おおよその見当《けんとう》は」

「申してみよ」

「お怒りになられませぬか」

「十四郎殿！」

宣正が振り向いて、窘《たしな》めた。

「よいわ。本当のことだ」忠長は少し手を挙げて、宣正を制した。「どうしたら、腕が上がるものかな？」

「場数を踏むことでござります。斬るか斬られるかの中でしか、紙一重《かみひとえ》の呼吸を身に付けることは出来ぬと心得ております」

「其の方、斬られたことは？」

「幾度となく斬られました」

「命あるは、運か」

「技にござります。斬られる瞬間、急所を外せば、何とか生き残れまする」

忠長は唸《うな》り声を上げると、

「余は柳生に手ほどきを受けたが、剣の極意が見えなんだ。極意とは何か」

「間合いでござりましょう。それは剣一つの問題ではなく、生きるということにも繋《つな》がりまする」

「ちと分かりやすく申してくれぬか」

「踏み込めば斬られることもござりまするが、踏み込まねば斬れませぬ」

「間合い……の。余にとっては、兄上との間合いか……」

「…………」

「十四郎、其の方の申しよう、一々感じ入った。其の方は、城なく家臣なく、だが武芸者としては一国一城の主《あるじ》だ。余は五十五万石の主として多くの者にかしずかれておるが、同じ主に変わりはない。今後は対等の物言いを許す」

「はっ」

「余は、見ての通り、井の中の蛙《かわず》だ。いずれ機会を設ける故、其の方が見聞して来たことを教えてくれい」

駿府城の堀と清水湊《しみずみなと》は、川と運河で結ばれていた。家康が角倉了以《すみのくらりょうい》に意見を求めて開鑿《かいさく》したものだった。

忠長に拝謁した翌日、十四郎は侍女一人を伴った千草と甚三郎とともに、堀と運河を結んでいる水落《みずおち》から小舟を仕立てた。上土《あげつち》まで運河を行き、そこから横内川《よこうちがわ》に出、やがて巴川《ともえがわ》の本流に合流して、清水湊に出るという行程だった。

――どうだ、湊でも案内いたしたら？

言い出したのは、宣正だった。

城での十四郎の評判が高く、流石《さすが》は朝倉様の縁者だと持ち上げられ、気をよくしていたのである。

「修羅場《しゅらば》を掻い潜って来た者は違うと、昨夜殿様が仰しゃっておられました」

運河を滑るようにして舟は進んでいる。秋口の暖かな陽が、舟を包んでいる。

「口から出まかせを申し上げただけですよ」

と、十四郎は悪ぶって見せた。

「坊主の中で暮らしておったので、出まかせは得意なのです」

「お坊様は、出まかせなど仰しゃいませぬ。の？」

突然尋ねられた甚三郎が、きょとんとして、母親と十四郎を見た。

「いや、言うわ言うわ。私が水を向けてやると、とめどなく言うておりました」

「悪いのは、十四郎殿ではございませぬか」

「いや、乗る方が悪い」

「変わりませぬな、口数が多くなっただけで、後は昔のままですね」

「叔母上も」

水の色が変わった。運河を抜けて、川に出ていた。

狭い河原の向こうには土手が延び、まばらな人影が見えた。

甚三郎は舳先《へさき》に立ち、手刀で風景を斬り裂いている。

十四郎は、寝転んで青い空を見上げた。雲が流れていた。

三

十四郎らの帰宅と、民部の下城とは、ほぼ同時刻だった。
清水では、軽い昼餉《ひるげ》を摂《と》り、湊の賑《にぎ》わいを見るに留《とど》めた。主の許しを得ている
とは言え、城持ち大名の奥方が、いつまでも町屋の者のように外出《そとで》をしている訳
にはいかなかった。
「いかがなされた？」
出迎えに現われた民部の表情が冴《さ》えない。
「申し訳ございませぬが、後程父からお聞き下され。誤ったことを申し上げる訳
には参りませせぬ故」
「……相分かった」
十四郎は部屋に戻ると、端座《たんざ》して宣正の帰りを待った。
一刻（約二時間）程が過ぎ、宣正が下城して来た。宣正は着替えると、十四郎
を御座の間に呼んだ。

「実は、いささか困ったことが持ち上がりましての」

宣正は、家老・井関《いせき》美作守《みまさかのかみ》頼母《たのも》が、己の推挙する武芸者と、十四郎を立ち合わせるよう忠長卿にお願い申し上げたのだ、と言った。

「井関は野心家でしてな。御家を牛耳《ぎゅうじ》りたいのだ。そのためにも、儂をへこまそうと画策しておるのでござる」

「中納言様は、何と？」

「殿様は、井関が事毎《ことごと》に儂と角突き合わせるが如《ごと》き振る舞いのあるを憂《うれ》いておられてな。少し灸《きゅう》を据えてやりたいとの思《おぼ》し召しかと思うのだが」

「相手は何者なのでしょうか」

「片山伯耆流《かたやまほうきりゅう》の諸川《もろかわ》龍斎《りゅうさい》と聞いております。お心当たりは？」

「ございませぬが、片山伯耆流と申さば居合ですな」

開祖は片山伯耆守久安《ひさやす》。豊臣秀次《とよとみひでつぐ》、秀頼《ひでより》に仕《つか》えた達人だった。片山伯耆流には、《磯之波《いそのなみ》》という秘技があった。波が寄せ、巌《いわお》に砕け、引いて行く。そう思わせる太刀筋だと聞いてはいたが、十四郎も見たことはなかった。

「それで驚いたのでござるよ」と、宣正が言った。「居合に対して、居合で挑むとは……」

井関頼母が、そこまで考えたのならば、立ち合いを止めることは不可能であろう、と十四郎は踏んだ。

「いつでしょうか、立ち合いの日取りは?」

「三日後の未《ひつじ》の上刻(午後一時)。場所は西の丸御庭でござる。立ち合い、承知して下さるか」

十四郎は頷いて見せた。

「かたじけない」

宣正が頭を下げた。

「このこと、叔母上は?」

「まだ知らせておりませぬ」

「心配するといけませぬ故、民部殿にも口止めを願います」

「心得た」

「されば、当日まで寺に籠《こ》もりたく思いますが」

「奥には、そうですな、小田原《おだわら》辺りまでお出掛けになった、とでも言うておきましょう」

「お頼み申します」

「斯様《かよう》な仕儀《しぎ》となり、何と言うてよいか……」

「何の、立ち合うは武芸者の習い。お気になさらず」

十四郎は宣正の口利《くちき》きで、鳥坂《とりさか》にある妙立寺《みょうりゅうじ》の一室を借り受けた。座禅を組んだ後は裏山に分け入り、抜き打ちの稽古に励む毎日が始まった。

立ち合いのことしか考えなかった。

（片山伯耆流か……）

開祖・片山久安の太刀は、三尺三寸（約一メートル）と異様に長いものだったと聞いていた。膂力《りょりょく》を誇った片山久安のみが長かったのか、片山伯耆流を名乗る者すべてが長い太刀を持つのかまでは、十四郎は知らなかった。

だが――。

（長いと見ずばなるまい）

十四郎の太刀とは一尺（約三十センチメートル）の差があった。間合いに於《お》いて、圧倒的に不利である。

十四郎は松倉作左衛門末長との立ち合いを思い返した。

（今度は、私が作左衛門殿の立場になった訳か）

迷いを振り切るためにも、十四郎は抜き打ちの稽古に励んだ。腕が萎《な》え、頭が痺《しび》れ、何も考えられなくなるまで、身体を酷使することしか、今の十四郎には思い付かなかった。

噴き出す汗が額《ひたい》を伝い、目に入り、視界が霞《かす》んだ。稽古着の袖で汗を拭い、再び剣を振るった。

「御熱心でござりまするな」

声を掛けて来たのは、住持を務める清寂尼《せいじやくに》だった。

「少しはお休みなされませ。熱い湯でも進ぜましょう」

「ありがたいですな」

井戸で水を被《かぶ》り、十四郎は庫裏《くり》に上がった。

清寂尼は囲炉裏《いろり》の前にいた。自在鉤《じざいかぎ》に掛けられている鉄瓶《てつびん》を取り、湯を注いでいる。

尼僧の脇正面に、男の客がいた。小刀を器用に使い、木っ端《こっぱ》に彫り物をしている。十四郎は軽く会釈《えしやく》して尼僧の正面に腰を下ろした。

男は三十代の半《なか》ばで、一目で山の者と分かる身形をしていた。藍《あい》で染めた丈の短い刺し子に身を包み、細身の袴を穿いている。男の背後に、刃渡り八寸（約二十四センチメートル）程の山刀が、柿渋《かきしぶ》を塗り重ねた笠《かさ》で隠すように置かれていた。

「どうぞ」

「かたじけない」

一口含んで、つと十四郎は顔を上げた。甘い。

「お口に合いませぬか」

「いえ」

「蜂《はち》の蜜《みつ》が入っております故、変わった味がいたしますでしょう？」

「美味《うま》いものですな」

「ここにおられる久兵衛《きゅうべえ》殿が、春に採って来てくれたものです」

久兵衛が僅かに頭を下げた。

身のこなしが、山に籠もって修行していた時に出会った山の者とはまったく違っていた。武人のものだった。

十四郎は気付かぬ振りをして礼を言い、更に一口啜った。

清寂尼が、にこやかな表情のまま、立ち合いをされるのでしょうか、と聞いた。

「はあ」

「お相手は、強い方なのですね？」

「多分」

「これまでに、立ち合われたことは？」

「ございませぬ」

「出過ぎたことを申し上げますが、影に脅《おび》えてはなりませぬよ」

「……と、思ってはいるのですが」

「このような地に独りで住んでおりますと、風の音にも身を竦《すく》めることがございます」

清寂尼が、小さく笑った。

「けれども、風は風に過ぎませぬ。吹くに任せておけば、やがて吹き抜けて行ってしまいます」

「少し落ち着きましてございます」

「なによりです」

清寂尼は、ゆったりと頷くと、

「もう一杯」と言った。「進ぜましょうか」

「頂戴《ちょうだい》いたします」

「久兵衛殿も、いかがですか」

「私も頂戴します」

久兵衛は小刀を動かす手を止めると、彫り物を刻み付けていた木っ端を火にくべた。

「あっ」

覚えず十四郎は声を上げてしまった。

「気に入らなかったのですか」

「いいえ、別に……」

「勿体《もったい》ないではありませぬか」

久兵衛が答えた。

「心は残さぬようにしておるのです」

四

十四郎との立ち合いを控えた諸川龍斎は、安倍川《あべがわ》の畔《ほとり》にある古刹《こさつ》・瑞祥寺《ずいしょうじ》の書院にいた。通されて、既に半刻が経つ。

（遅い……）

苛立《いらだ》ちを覚え始めた時、板廊下を踏む足音が聞こえて来た。

足音は襖の前で止まった。

「待たせたな」

龍斎が低頭して迎えたのは、両角烏堂だった。

「いよいよ明日だな」

「某《それがし》も柳生七星剣の一人、滅多《めった》なことで後《おく》れは取りませぬ」

「それは分かっておるが、多くの目がある故、今一度申しておく。柳生の太刀筋は使わぬようにな」

「心得ております。片山伯耆流の諸川龍斎として立ち合います故、御懸念なきよう」

頷いて見せた烏堂に、龍斎が尋ねた。

「この寺は、信が置けるのでございますか」

「裏白殿《うらじろ》が懇意《こんい》の寺だ。案ずることはなかろう」

葉の裏が白く、表と裏が極端に色の違うもの。裏白は、内通者を表す柳生の隠語であった。家老の井関美作守頼母は、迷うことなく烏堂の誘いに乗った。中納言忠長を改易《かいえき》に持ち込むべく協力すれば、柳生が後押しをし、国持大名にするという約定《やくじょう》に飛び付いたのである。

「剣で繋がらぬ者は、とても信じられませぬな」

「そうだの」

烏堂にしては珍しく笑みを見せた後、七郎様が、と言った。

「弥三郎《やさぶろう》を悼《いた》み、嘆《なげ》かれたと聞いておる」

駿府城三の丸の土塀脇で十四郎に斬り伏せられた柳生者は、七郎の幼少時の稽古相手であった弥三郎だった。

「見事、仇を討って御覧に入れまする」

「くれぐれも油断せぬようにとのお屋形様からのお言葉だ。心して掛かるようにな」

「承知いたしております」

龍斎の腕が剣に伸びた。

「頼みますぞ」

朝倉宣正の頬《ほお》が引き攣《つ》れていた。

「落ち着かれませ。立ち合うは私でございますぞ」

半刻前になって、井関頼母から真剣での勝負を申し入れられたのだった。

——断じて不承知でござる。

叫ぶ宣正を制したのは、十四郎だった。木刀であれ、真剣であれ、どのみち負けて命の残る試合になるとは、十四郎には思えなかった。

太鼓が鳴り、幔幕《まんまく》のうちに入った。そこでまた、中納言忠長が現われるまで待たねばならない。十四郎は、向かいで待機する諸川龍斎に目を遣《や》った。

（でかいの……）

体軀《たいく》も大きかったが、それ以上に刀の長さが異様だった。

「何だ、あれは！」

宣正が、目を剝《む》いた。

「長ければよいというものでは、ありませぬ」

「……そうでは、あろうが」

宣正の胸のうちが、手に取るように伝わってきた。

（無理もない）

十四郎にも不安はあった。しかし、今更それを口にしても仕方がなかった。

四半刻（約三十分）の後、忠長が座に現われ、十四郎と龍斎が御前の白砂に呼び出された。

「真剣と聞いて驚いておる。双方に異存はないのだな？」

「立ち合いで死ぬるは、武士の本懐《ほんかい》と心得ておりますれば、何の異存がございましょうや」

龍斎が答えた。

「十四郎は、どうだ？」

「ございませぬ」

「相分かった」

忠長は立ち合い人に、始めるよう命じた。

両者が、白砂の上で対峙《たいじ》し、次いで礼を交わした。

「始め」

立ち合い人の声とともに、両者が居合腰を取った。腰を割り、落とすのである。そのまま睨《にら》み合い、数瞬が経った。

龍斎が足指をにじるようにして、間合いを詰めた。両者の間合いは、一間半

（約二・七メートル）を切ろうとしている。飛び込めば龍斎の太刀は十四郎に届くが、十四郎の太刀では届かない。刃渡り一尺の差が、そこにあった。

龍斎の足が地を蹴った。太刀が鞘を走り、一条の光となって十四郎の腹部を斬り裂いた――。

かに見えた時、十四郎はからくも五分のところで太刀を躱し、一間程（約一・八メートル）後方に飛び退っていた。

中空に流れた太刀は、瞬時にして龍斎の腰間《ようかん》に納まった。斬り出す速度も速かったが、納める速度も尋常ではなかった。残姿をどこにも留めずに太刀を振るい、勝負処《どころ》と見るや、一の太刀、二の太刀、三の太刀、四の太刀と凄《すさ》まじい速さで繰り出し、襲い掛かる。それが片山伯耆流の秘技《磯之波》だった。

再び、双方が居合腰になった。龍斎が、足指をにじった。十四郎が足を引いた。龍斎の手が動いた。切っ先が光り、矢のように走った。刃風が十四郎の腕を薄く剝《は》いだ。血が結び合い、滴《したた》った。

勢いに乗って、龍斎が大きく足を踏み出した。《磯之波》の二の太刀を繰り出す瞬間を捕らえ、十四郎が間合いのうちに飛び込んだ。間合いが消えた。

二人の間は、僅かに三尺（約九十センチメートル）の開きしかない。十四郎には十分な間合いだったが、龍斎には狭かった。

「ちっ！」

龍斎の唇《くちびる》が開き、食いしばった歯の間から声が漏れた。

龍斎が手にした太刀を振り下ろしながら、飛び退《の》こうとした。龍斎の動きを、十四郎は読み切っていた。十四郎の太刀が、この日初めて鞘を離れた。十分に踏み込んだ一刀は、龍斎の太刀を跳ね上げると、返す刀で胸から腹を深々と斬り下げた。

飛び散った血潮《ちしお》が白砂を赤く染め、その中に龍斎の身体が崩れていった。


三日の後。

中納言様御前での立ち合いで、十四郎殿が見事に勝ちを収められたのだ、と初めて夫から告げられた千草は、血相《けっそう》を変えて、十四郎の起居《ききょ》する座敷に向かった。十四郎のいつに変わらぬ姿に、

「胸のつぶれる思いをいたしましたよ」

千草は深く溜息を吐くと、目の縁に宿っていた光るものを指先で拭った。

「お許し下され。これが剣に生きるということなのです」

「殿様も殿様でございます。真剣を取っての勝負など……」

「お陰で面目《めんぼく》を保てたのだ」

宣正が十四郎に倣《なら》って、許せ、と頭を下げた。


その頃、江戸麻布の柳生屋敷には、宗矩と七郎の前に、二つの影が畏《かしこ》まっていた。

「あの龍斎が敗れたか」天井に目を遣《や》った宗矩が、まさか、と言って一つの影に訊いた。「柳生の位《くらい》は使わなんだであろうな?」

もう一つの影が答えた。

「忍び込み、一部始終を見ておりましたが、片山伯耆流の諸川龍斎として立ち合い、敗れましてございます」

「あの美作が手配か」

七郎が尋ねた。

「左様にございます」

何故、と七郎が、宗矩に聞いた。

「槇殿が駿府におられたのでしょう。何か我らの動きを読まれたとか」

「そうではない。叔母を訪ねて滞在していたのだ」宗矩が、唇を噛《か》んだ。「嫁ぎ先は朝倉筑後。中納言様の附家老だ」

「弥三郎が斬られたのは附家老屋敷から出た所でしたが、それで……」

七郎は袴を握り締めると、影に訊いた。

「未《いま》だ手応えらしきものは、ないのだな？」

「残念ながら……」

「よいわ」宗矩が、言った。「中納言様の御気性を考えれば、そのうちには必ず何かが出て来る。二人とも、もう暫く忍んでみよ」

「はっ」

二つの影が相次いで頭を下げ、奥座敷を辞して行った。

二人の足音が絶《た》えたのを確かめ、

「将軍家のことだ」と宗矩が言った。「いつまでも落ち度が見つからぬとあれば、改易など面倒、いっそ命を縮めよと仰《おお》せになるやもしれぬ」

「むしろその方が、事は成し易きかに存じまするが」

「…………」

宗矩が鋭い視線を七郎に浴びせた。

「軽々しく申すではない。相手は将軍家の御弟君だぞ」

「烏堂ならば、しくじる懸念はございますまい」

「だとは思うが、七星剣も一人欠けた。何やら嫌な雲行きではないか」

「槇殿ですが」と七郎が思い直したように言った。「いかがいたしましょうや?」

「此度《こたび》はよい機会であったが、土井大炊のこともある故、これ以上は迂闊《うかつ》に手を出せぬ。いつかは始末を付けてやらねばならぬが」

「その言葉、お忘れなきよう」

「七郎」宗矩が眉《まゆ》を逆立てた。「誰に、物を言うておる?」

「……申し訳ございませぬ」

「将軍家の近くに仕える身だ。言葉には十分注意せい」

この年の春、土井利勝、酒井忠世《さかいただよ》と並んで家光の守役であった青山忠俊《あおやまただとし》が、家光の逆鱗《げきりん》に触れ、蟄居《ちっきょ》となっていた。青山忠俊だけではない。宗矩とともに剣道指南役に就いていた一刀流・小野次郎右衛門忠明《おのじろうえもんただあき》も、隠居に追い込まれていた。家光は、口うるさい者、厳しく当たる者を極端に嫌い、身辺《しんぺん》から遠ざけたのである。

七郎の気質は小野忠明に似ていた。稽古に手抜きがなかった。

（何か起こらねばよいが）

宗矩の心配の種であった。

それが現実となるのは、翌寛永三年（一六二六）の三月だった。

「そのような腕では、とても中納言様には勝てませぬぞ」

忠長の落ち度探しを命ずる程嫌っていることを知りながら、発奮《はっぷん》させようとして言ったのだが、忠長と比較されるのは、家光には一番辛《つら》いことだった。七郎は即刻お役御免となった。

この時、七郎二十歳。再び出仕を許されて、名を十兵衛《じゅうべえ》と改めるのは、十二年後になる。

# 第四章　出羽国上山《でわのくにかみのやま》・春雨庵《はるさめあん》

## 一

寛永三年（一六二六）九月。

秀忠と家光は、忠長を従えて上洛《じょうらく》した。後水尾《ごみずのお》天皇始め中宮《ちゅうぐう》、中和門院《ちゅうかもんいん》、女一宮《おんないちのみや》らを二条城《にじょうじょう》でお迎えする、いわゆる《行幸《ぎょうこう》の儀》が執り行なわれたのである。

その三日後、家光と忠長の生母である阿江与《おえよ》の方《かた》が危篤《きとく》に陥《おちい》ったという知らせを持って、江戸表より急使が着到した。

秀忠も家光も、臨席すべき行事を残していた。京を離れる訳にはいかない。

「一目お会いして、お別れを申し上げたい」

忠長は許しを得て、馬で東海道を駆け下った。

京から江戸まで約百二十六里（約五〇四キロメートル）。忠長はひたすら馬を乗り継ぎ、中四日で江戸城の門を潜《くぐ》っていた。一日二十五里の行程を直走《ひたはし》ったのである。

息も絶《た》え絶《だ》えになって辿《たど》り着いた訳ではない。城に上がり、威儀《いぎ》を正して一刻《とき》（約二時間）前に身罷《みまか》った母親と対面し、御典医《ごてんい》から話を聞いている。

母親の死に目に会いたいという子の一念とは言え、

「何という強靱《きょうじん》なお身体《からだ》なのか」

土井利勝は、病がちな家光とのあまりの違いに、思わず瞠目《どうもく》した。

というのも――。

一昨年のことになる。

秀忠が、御座の間に続く庭に利勝を誘ったことがあった。

――ちと話がある。

供の者を遠ざけた秀忠は、池の畔《ほとり》にある四阿《あずまや》まで無言のまま歩み続けた。

（何ごとであろう？）

利勝は、数歩遅れて歩を運びながら思いを巡らせた。

秀忠は四阿に入ると、利勝にも腰を下ろすように言い、突然、

——我が子と言えど、

と言った。

——好き嫌いはあるものだ。権現様程ではないが、余にもある。

——…………。

利勝は話の方向を察知した。まさか、としか言いようがなかった。家光は既に将軍の宣下《せんげ》を受けている。その将軍を大御所が、嫌いだと言おうとしているのだ。

——大御所様、滅多《めった》なことは。

——よい。ここだけの話だ。

——では、ござりまするが。

——余はな、四代を忠長に、と考えておるのだ。

——何と。

忠長が代を継ぐには、家光が子を成さずに身罷らねばならなかった。

確かに家光は、身体強健《しんたいきょうけん》とは言い難《がた》かったが、今日明日という病があるわけではない。しかも家光は、婚儀《こんぎ》を挙げたばかりであった。もし、男子が誕生すれ

ば、将軍位を継承するのは当然その若君である。正室の腹ばかりではない、側室が男子を産む可能性も十分ある。まだ家光は、二十一歳と若いのだ。

とすると、

（……お命を縮める？）

利勝は、心に浮かんだ思いを慌てて打ち消した。

――家光に、子は作れぬ。

秀忠が、言った。

――彼奴《あやつ》は、女子《おなご》など眼中にない。知っておろう。

（そのことか……）

利勝は少しく安堵《あんど》して、耳を傾けた。

家光は衆道《しゅどう》に血道を上げており、これまで女子を近付けようともしないでいた。それを案じた乳母《めのと》の福《ふく》が、京都所司代《しょしだい》を手足のように動かして探し出したのが、五摂《ごせっ》家《け》の一つ鷹司《たかつかさ》家の姫・孝子《たかこ》だった。何とか女子にも、

（情けを掛けてはくれぬか）

と福は、無理矢理嫁を押し付けたのである。

――福奴《め》が出過ぎた真似《まね》をしおったが、父として、大御所として嫁取りに反対す

る訳には参らぬしの。ところが、よくしたもので、未《いま》だに床入《とこい》りしておらぬと申すではないか。

——そのように、漏れ承《うけたまわ》っておりまする。

——子を成さぬ時のことも、考えておかねばならぬであろうが。

——かもしれませぬが、まだお若《わこ》うございまする。

——若いからと言うて、寿命が残されているものではないぞ。余が兄弟の多くは病を得、既に身罷っておるわ。

次兄・秀康《ひでやす》は三十四歳、四弟・忠吉《ただよし》は二十八歳、五弟・信吉《のぶよし》は二十一歳、七弟と八弟はともに六歳で没していた。

——家光にも、同じ血が流れておるのだ。このこと、忘れてはならぬぞ。

秀忠は、息が掛かる程顔を近付けると、間違えてくれるな、と言った。

——余が斯《か》くの如《ごと》く考えておるからとて、家光に何ぞ仇《あだ》すると思うてはならぬぞ。彼奴も忠長同様、我が子に相違ないのだからの。

——はっ。

と答えた、この日以来、利勝は思い屈する日々を送ってきていたのである。

(徳川の御家はまとまっていくのであろうか)

病弱な将軍と頑健な弟。兄弟の父である秀忠は、四代将軍には頑健な弟を、と考えている。万が一にもそれが漏れ伝われば、波乱を招くことは必至だった。

御家のために何を為《な》すのが最善手なのか。利勝は結論を見出《みいだ》せぬままでいた。

そうした日々の中で、

（彼奴がおったわ）

ふと、十四郎のことに思いが至った。昨年、忠長様御前での真剣による試合で勝ちを収めた後は、また飄然《ひょうぜん》と旅に出てしまったのだ、と千草が文《ふみ》で言って寄こしていた。

（折を見て、駿府に参るよう申し送ろう）

その忠長は、行幸を前にした八月、叔父義直・頼宣と共に朝廷へ参内《さんだい》し、従二位大納言の官位を賜《たまわ》り、駿河大納言と呼ばれるようになっていた。一方土井大炊頭利勝は、元和八年（一六二二）に辣腕家《らつわんか》として知られた家康側近の本多正純を失脚させ、二代将軍秀忠の治政を盤石《ばんじゃく》のものにすべく奔走《ほんそう》してきた。今、秀忠は家光に代を譲り、大御所と呼ばれるようにはなっていたが、その威勢は衰えず、西の丸から家光に睨《にら》みを利《き》かせている。秀忠の、そして家光の側近として幕府を支え続けてきた利勝も、既に五十四の齢《よわい》を数える年になっていた。

寛永五年（一六二八）、家光は、年明けに引いた風邪《かぜ》がようやく治ると瘧《おこり》に罹《かか》り、それが治ると脚痛に苦しむなど、夏までの大半を病床で過ごしていた。そのためだけではなかったが、御台所《みだいどころ》が懐妊《かいにん》する気配は一向になかった。

しかし、寛永六年（一六二九）、この年但馬守《たじまのかみ》に叙任された柳生宗矩から新陰流の伝授を受けたのを境に、徐々に身体が丈夫になっていった。

「祝着《しゅうちゃく》に存じ上げ奉《たてまつ》りまする」

利勝ら年寄衆に鷹揚《おうよう》に答えた裏で家光は、側近の松平伊豆守信綱《まつだいらいずのかみのぶつな》と柳生宗矩を呼び寄せ、

「他でもない。駿河のことだが……」

と、密命《みつめい》を下したのである。

## 二

寛永六年七月、土井大炊頭利勝は、江戸城西の丸の年寄控えの間に金地院崇伝《こんちいんすうでん》と藤堂和泉守高虎《とうどういずみのかみたかとら》を呼び寄せ、大徳寺派の沢庵宗彭、玉室宗珀《ぎょくしつそうはく》、江月宗玩《こうげつそうがん》の三人の僧の処罰について、両者が天海僧正《てんかいそうじょう》を交《まじ》えて協議した結果を聞いていた。

「改悛《かいしゅん》の情　著《いちじる》しい江月を除《のぞ》き、沢庵と玉室は断罪に処すべきとの結論を得ましてござりまする」

崇伝が答えた。

「天海殿も、御同意あったのですな？」

利勝が高虎に訊《き》いた。

「僧正殿は、最初は穏便《おんびん》にとの御意向だったのですが、最終的には崇伝殿の断罪論を支持されましてござりまする」

「して、和泉守殿は？」

「某《それがし》は崇伝殿が言われた、『御公儀《ごこうぎ》に逆らう者は断罪も止《や》むなし』に、一も二もなく賛同いたしましてござりまする」

「相分かった。では、断罪に処すということで酒井雅楽頭《うたのかみ》殿と図りたいと存ずる。崇伝殿も和泉守殿も、大義でござった」

控えの間から下がりながら、崇伝が今一度利勝に目礼をした。本多正純が改易《かいえき》に処せられて以来、常に利勝の意に沿うべく、細心の注意を払っているのが見て取れた。

（食えぬ坊主《ぼうず》よ……）

思いを隠して、利勝も目礼を返した。

事の起こりは、二年前になる。

京では『紫衣法度《しえはっと》』が守られておらぬと聞き及んでおりまするが、と崇伝が利勝に耳打ちしたことから始まった。

紫衣は、僧侶の最高位を表す紫の僧衣のことで、天皇の許しを得て着用が認められた。誰に勅許《ちょっきょ》を下すかは、幕府が裁許する。それが、家康が慶長十八年（一六一三）に定めた『紫衣法度』だった。

その法度を無視し、幕府の知らぬところで勅許が下されているのだと、崇伝は言ってきたのである。

住持《じゅうじ》が、勅許を得て紫衣の着用を認められる寺の数は限られていた。大徳寺、妙心寺《みょうしんじ》、知恩院《ちおんいん》、浄花院《じょうけいん》など七寺に過ぎない。その中でも特別に寺格の高い大徳寺と妙心寺は、京五山派とその上に位置する南禅寺《なんぜんじ》と、事ある毎《ごと》に対立してきていた。南禅寺管長の崇伝はこの大徳寺派と京五山派の対立を、政《まつりごと》の力で有利に導こうと考えたのだった。

（それが魂胆《こんたん》か）

利勝は、崇伝の心のうちを読み取った。

（ならば、乗ってやろうではないか）

紫衣の勅許は、間に立つ公家《くげ》衆の大きな収入源になっていた。

（それを取り上げれば……）

天皇の二条城行幸の際に見せ付けた幕府の力を、公家たちに更に思い知らせることが出来る。この先、幕府に楯突《たてつ》こうなどと、夢にも思わせぬ。

利勝は、大炊殿橋御門内の屋敷に崇伝と京都所司代の板倉周防守重宗《いたくらすおうのかみしげむね》を呼び出した。

「大徳寺と妙心寺が黙ってはおらぬでしょうな」

板倉重宗が、茶で唇を湿らせると続けた。

「大徳寺だけでも、十五人程の紫衣が無効になりまする」

「されど、法は法にござりましょう。御法に背《そむ》けば、処断するまででござりまする」

崇伝が、利勝に同意を求めるように目を遣《や》った。

「ここは、崇伝殿の言われる通りであろうの」

利勝は板倉重宗に命じた。

「周防殿は直《ただ》ちに京に戻り、禁裡《きんり》に対し元和以降の紫衣は無効と申し伝えられよ」

その頃沢庵は、宗鏡寺を出、堺の南宗寺にいた。十四郎を送り出した後、大徳寺の住持・正隠宗智からの書状で呼び戻されていたのだった。

元和元年（一六一五）に、『大徳寺法度』と称される大徳寺に向けた法度が発せられた。それによると、大徳寺の住持になるには、三十年の参禅修行と千七百則の《公案》を終えねばならないとされていた。大徳寺を始めとする臨済宗では、修行の者に名僧の言動を課題として与え、師との問答のうちに悟りへと導いた。その課題を公案と言った。それが千七百則である。

無理難題だった。大徳寺は法度を無視した。無視出来るだけの力が、朝廷に近い大徳寺にはあったのである。だからこそ、目を付けられたのだとも言える。

幕府は、寛永も三年になって、十一年前の元和元年に発した法度の不履行を糾問してきたのである。

「三十年も修行していたら、命が幾つあっても足りぬわ」

沢庵の怒りを煽《あお》るように、寛永四年（一六二七）の『紫衣法度』事件が起こる。

大徳寺の領袖《りょうしゅう》たる沢庵は、玉室や江月らと連署を認《したた》めて、幕府の横暴を糾弾した。だが、幕府が狙《ねら》っていたのは、大徳寺ではなく、朝廷の権威の失墜である。始めから聞く耳は持たなかった。

「御公儀をないがしろにすること、許し難《がた》し」

として、沢庵は出羽国上山《でわのくにかみのやま》へ、玉室は陸奥国棚倉《むつのくにたなぐら》へと流されたのである――。

「これで宗門も、御公儀をないがしろにはせぬようになりましょう」

事後の各派の様子を伝えに来た崇伝が、おもねるような物言いをした。

「……そうだの」

「まずは祝着にござりました」

「うむ」

利勝の気勢の上がらぬ返答に不満はあったが、それを言う訳にはいかない。崇伝は、早々に大炊殿橋御門内の屋敷を辞して行った。

(今頃は、どの辺りかの……)

利勝は、沢庵の配流《はいる》先への旅を思いながら腰を上げ、外廊下に出た。木々の緑が目に染みた。

(十四郎は追い付いたであろうか……)

加賀国《かがのくに》にいた十四郎が、六年振りに江戸の利勝の屋敷に姿を現わしたのは、四日前になる。

人を斬《き》れば、去る。たとえ短期間であろうと去り、寺に入る。十四郎は、出来る限りそうしてきていた。寛永二年の駿府での御前試合の後も、半月程寺に入り、旅に出た。

その旅の途中で、十四郎は一人の剣客《けんかく》と出会った。名は栗田寛次郎嘉記《くりたかんじろうよしのり》。加賀国は前田《まえだ》家のお膝許《ひざもと》の金沢《かなざわ》で、町道場を開いていた。二人は気が合った。腕は五分か、十四郎が僅《わず》かに勝っているか、というところだったが、立ち合うまでもなくそれと読んだ二人は、剣以外の話を弾ませた。一月《ひとつき》近く旅をともにした後で寛次郎が、道場を手伝ってはくれぬか、と十四郎に持ち掛けた。

そこで初めて十四郎は、樋沼潔斎という仇《かたき》を探して諸方を巡っていることを話した。

――何としても立ち合わねばならぬのです。

十四郎は、但馬の小左郎を訪ね、金沢にしばらく留まる旨を告げ、加賀を基点に樋沼潔斎を探す旅を続けていた。

しかし、ために十四郎は、沢庵の一件を知るのが遅れてしまったのである。寛次郎から、ふと耳にはさんだ宗門の噂話《うわさばなし》として、沢庵に降りかかった危難のことを聞いた時には、既に沢庵への処罰は決していた。

（知らなかった。伯父上や小左郎は何故知らせてくれなかったのだ……）

十四郎は、金沢を後にして急ぎ江戸へ向かい、利勝に問い質《ただ》した。

――知らせたら、何とした？

――…………。

――剣一振りで解決がつくことではないわ。

利勝は一喝した。

――沢庵殿が知らせなかったのも、それを承知しておられたからだ。沢庵殿と柳生家の繋《つな》がりは、其の方もよく存じておろう。

宗矩は、新陰流の剣技に沢庵の禅の知識を持ち込んでいた。柳生の剣は、刃《やいば》を打ち合わすだけの剣ではなく、心を治める剣であり、それは取りも直さず人を治める剣である。心の在り様を重視したことが公儀でも好ましいものとされ、柳生の将軍家剣術指南の座は不動のものとなっていた。

――その沢庵殿が、柳生を頼ろうともなさらなんだ。柳生が動く筈《はず》はないと踏まれたのかどうかは知らぬが、この一件は沢庵殿ら大徳寺派の僧と公儀との戦いなのだ。

――だからと言って出羽国に流すとは。沢庵殿は五十七歳ですぞ。

――儂もだ。同い年でな、五十七歳の身体がどのようなものか、分かっておる。

出羽を選んだのには理由がある。

幕府の意に沿うことをいさぎよしとしなかった沢庵らを、そのままお咎《とが》めなしに済ましておく訳にはいかない。それ相応の処罰を下さねば幕府の威信に傷が付いてしまう。

そこで白羽《しらは》の矢を立てられたのが、出羽上山二万五千石の領主・土岐山城守《ときやましろのかみ》頼行《よりゆき》である。頼行は槍術《そうじゅつ》に一家言《いっかげん》を持った剛の者として知られていた。

利勝は頼行を召《め》して、沢庵の配流地とする旨を伝えた。

――至上の名誉、ありがたくお受けいたしまする。

頼行の返答に利勝は覚えず苦笑してしまったが、臨済宗大本山大徳寺首座を三日で辞めた程の一代の反骨の僧が、一介の領主に過ぎぬ己《おの》が領地に住まうというのだ。

（無理もないわ）

頼行は、早速沢庵の住まいとするべく、城外に庵《いおり》を作らせていた。

――決して居心地は悪くない筈だ。案ずるには及ばぬわ。

――それを聞いて、安堵いたしました。

――追ってみるか。

――よろしいのですか。

――上山まで同行するは許さぬぞ。何と言うても罪人だからの。

――……分かりました。

――途中難儀があってはと思うてな、当家の潮田勘右衛門を護送役の中に入れてある。胡乱《うろん》な浪人者として騒ぎを起こすこともあるまい。御挨拶《ごあいさつ》を申し上げるがよい。そなたの鍛えた身体ならば追い付けるであろう。

礼を言い置き、飛び出そうとした十四郎を呼び止め、

「慌てるでない。儂は、同行は許さぬと言うたが、訪ねてはならぬと言うてはおらぬぞ」

「では？」

「儂としても、そなたの所在が分かっておった方が何かと都合がよい。暫《しばら》く配流の身となっておれ」

「ありがとう存じます」

十四郎は板橋宿まで走り、そこからは馬に乗り、奥州路《おうしゅうじ》を沢庵の姿を求めて

直《ひた》駆けた。

桑折宿《こおりしゆく》で奥州《おうしゆう》街道から分かれ、七ヶ宿《しちかしゆく》街道に入る。七ヶ宿街道は、その名の通り、上戸沢《かみとざわ》、下戸沢《しもとざわ》、渡瀬《わたらせ》、関《せき》、滑津《なめづ》、峠田《とうげだ》、湯原《ゆのはら》の七つの宿から成り立つ街道で、桑折から出羽上山へと通じていた。

十四郎は桑折宿を発《た》ち、半田《はんだ》、泉田《いずみだ》、小坂《こさか》の集落を抜け、小坂峠へと馬を急がせた。

沢庵たち一行は、桑折宿にある代官所を一刻半（約三時間）前に通っていた。江戸を発って四日目にして、ようやく追い付いたのである。

（後一息だ）

汗が土埃《つちぼこり》を流し、乾いて黒くなっている。十四郎は、縞《しま》になった顔を川の水で洗い、馬の腹を蹴《け》った。

峠に続く坂道に、武家の一行の後ろ姿が見えた。

広い峠道ではない。十四郎は一行の手前で馬を下り、歩み寄った。

「御貴殿は、いずれの……」

幕府から派遣された護送の役人が誰何《すいか》し掛けた時、

「甥御殿ではございませぬか」

勘右衛門が間に割って入って来た。

勘右衛門が、十四郎が誰であるか一行の者に明かした。

「峠の頂上に茶屋がございます故、そこで暫時《ざんじ》休息をとることになっております」

護送の役人が言った。

休息の間は勝手ということなのだろう、と十四郎は解した。

十四郎は馬を曳《ひ》いて、一行の後に従った。

「お久しゅうございます」

十四郎は役人の配慮で茶屋の奥に上がり、沢庵と向かい合った。

「江戸から駆けられたのか」

「このことを知ったのが金沢でございましたので、ほぼ金沢から駆け通しでした」

十四郎は金沢でのことなどを手短に話した。

「拙僧《せっそう》のために、申し訳もござらぬ」

「何の、恰度《ちょうど》よい鍛練でございました」

「鍛練とは十四郎殿らしいが、仇には会えたのですかな？」

この何年か、足取りはぱたりと途絶えていた。

「死んでいるやもしれませぬな」

剣客である。名乗らずに立ち合い、敗れたとすれば、無縁仏《むえんぼとけ》として葬《ほうむ》られているに相違なかった。

「その時は、剣など捨てなされ」

剣に己を懸《か》け、生きてきていた。剣を捨てれば己が無くなるような気がした。

（捨てられぬ）

「剣を捨てぬ限り、いつかは斬られるのですぞ」

沢庵の澄んだ目があった。

「御坊《ごぼう》には命を助けられておりますから、口答えがしにくいですな」

沢庵は口を開けて笑うと、覚えておりますぞ、まだ、と言った。

脇腹から肩に掛けて背を逆袈裟《ぎやくけさ》に斬られ、滴《したた》る血の音を聞いているうちに気が遠くなった。来合わせた沢庵は、直ぐに村人に救いを求めてくれたのだ。

――小童《こわっぱ》が。命を粗末にするにも程がある。

沢庵の声を聞いたのは、それが最初だった。

「その後に何と仰《おお》せになられたか、覚えておいでてでしょうか」

「はて？」

沢庵が考える仕種《しぐさ》をした。

「心なくて、何ごとも成せると思うな。どうじゃ、生きていたいか、ですよ。あれには、参りました」

「儂も若かったのう。今ならとても言えぬわ」

沢庵が自身の方丈《ほうじょう》にでもいるかのような寛《くつろ》いだ笑い声を、再び上げた。

「御坊」十四郎は口調を改めて、筵敷《むしろじ》きの床に手を突いた。「このような仕儀《しぎ》となり、誠に申し訳なく存じております。己が力の無さが恨めしくてなりませぬ」

「何の。こうなると分かっていて、幕府に喧嘩《けんか》を売ったは拙僧でござる」

「私には、政の駆け引きなど、とんと分かりかねますが、御公儀のなさり様は、理不尽としか思えません。されど、願わくは、我が伯父を恨んで下さいますな。上山でのお暮らし向きには、不自由なきよう心を配ったように聞いております」

「十四郎殿、これでも坊主ですぞ。たとえ斬られようと、その者を恨む心など持ち合わせてはおりませぬわ。況《ま》してや、伯父御のお心遣いの程は、潮田殿から承っておりますしの」

「申し訳ございませぬ」

「また、それを」

沢庵は白湯《さゆ》を啜《すす》ると、これも、と言った。

「修行と心得ておるわさ」

「甥御殿」

勘右衛門が、奥へと入って来た。

「そろそろ出立の刻限となりますが、よろしいでしょうか」

「御配慮かたじけのうございました。参りましょうぞ」

沢庵が、勘右衛門に答えた。

「では の、十四郎殿」

「供をする訳には参りませぬが、伯父より上山を訪ねる許しは得ております故、近いうちに参ります」

「楽しみにしておりまするぞ」

沢庵は草鞋《わらじ》の紐《ひも》を結ぶと、先に茶屋を出た。

「よい眺めですな」

沢庵が伸びをしながら、勘右衛門らに話し掛けている。

遅れて茶屋を出た十四郎は、峠からの眺望に初めて気が付いた。伊達《だて》の盆地が一望に見渡せた。

振り向いた沢庵が、白い歯を見せた。

「無理はせぬようにの」

「御坊も」

「そうだ、言い忘れておった。小左郎殿が寺を脱《ぬ》けおった」

「いつでございますか」

「そうよな、恰度《ちょうど》一年程前になるかの。近在を探させてはみたのだが、行方が知れなくてな……」

「心当たりを探してみましょう」

「預かっておきながら、済まぬの」

「お気になさらぬよう」

「探してやってくれ」

沢庵が役人に頷《うなず》いて見せたのを合図に、役人が一行に出立を告げた。勘右衛門が笠の縁《へり》に手を当て、十四郎に別れを告げた。

一行が峠を下り始めた。十四郎は地に膝を揃えると、両手を突き、深く頭を下げた。

一行が見えなくなるのを待ち、十四郎は馬に飛び乗り金沢に向かった。

栗田寛次郎や道場の門弟たちに暇《いとま》を告げるとともに、万一小左郎が金沢に現われた時のことを頼むためである。そして、再び沢庵を追って上山を目指そうとした時、樋沼潔斎の消息が、江戸で道場を構えている寛次郎の同門の者から知らされたのだった。

――樋沼と名乗る無類の達人が、滞在している。

十四郎は、取る物も取り敢《あ》えず江戸に駆けた。

三

出羽上山二万五千石の領主・土岐山城守頼行は、沢庵のために城外の松山に庵を建てた。草深い地にある藁葺《わらぶ》きの庵を見て、沢庵は春雨庵《はるさめあん》と名付けた。

十四郎が、江戸から春雨庵に着いたのは、十月の始めだった。

江戸で探し当てた樋沼某《なにがし》は、潔斎とはまったくの別人であった。まだ三十代の前半という年齢も違っていたが、それよりも達人には程遠い腕前だった。

恐らく人を斬ったことがなかったか、斬った経験が少なかったのだろう、白刃《しらは》を躱《かわ》すのに必要以上の間合いを取っていた。

（これで達人か……）

道場を構えるだけの力がある者でさえ、それを見抜けないのか。

空《むな》しさを抱え、奥州街道を上山に急いだ。

（一冬を春雨庵で過ごそう……）

思いはそれだけだった。

庵は深閑《しんかん》としていた。主《あるじ》は他行中であるらしい。

囲炉裏《いろり》の灰の温《ぬく》もりを調べてみた。少なくとも十日近くは火が焚《た》かれていない。

沢庵は配流の身である。勝手気儘《きまま》に旅に出たとは考えられない。誰ぞお役の者に尋ねるか、庵で待つか、二つに一つだった。

（待つか）

すべての戸を開け、空気を入れ替え、薄い夜具を日に干すことから十四郎は始めた。

納屋《なや》を覗《のぞ》いた。小さな水車があった。素人《しろうと》の手によるものではなく、腕のよい職人が丹精《たんせい》を込めて作ったものだった。領主が注文して作らせたものに違いなかった。沢庵の置かれている立場が窺《うかが》えた。

十四郎は水車を手にして、庭に出た。屋根の付いた、腰の高さに据えられた流しがあり、竹の樋《とい》が藪《やぶ》の中へと通じていた。住人の利便を考えたのだろう、屋内と外の二箇所に水回りが拵《こしら》えてあった。

樋を辿《たど》ると清流が流れており、木の台座があった。水車を台座に括《くく》り付けた。水車が水を得て、勢いよく回った。竹の樋に水が迸《ほとばし》る。竈《かまど》の脇に水瓶《みずがめ》があった。藁縄《わらなわ》を束ねて洗い、水を汲《く》み入れた。

そこまで始末を付けてから城下に出、米と味噌と野菜などを求め、休む間もなく裏庭に積んであった薪《まき》を割った。

一日が過ぎた。

薪を割っている間に二日が経《た》った。

静かだった。水音と、鳥の啼《な》く声と、自身が立てる斧《おの》の音だけが、庭を満たしていた。

鍋《なべ》で粥《かゆ》を炊き、頃合いを見て葱《ねぎ》と大根を入れ、味噌で味を調《ととの》える。湯気の中に顔を埋めて、啜る。

日が落ちれば眠った。

四日目に、上山に来て初めて剣を抜いた。全身が汗まみれになるまで、剣を抜いては振るい、鞘《さや》に納めた。

六日目になって、ふいに脇差が気になった。

一の太刀《たち》で斬り付け、躱されれば柄《つか》に左手を添え、二の太刀、三の太刀を続けざまに繰り出す。そこにこだわり過ぎていたのではないか。

右手で太刀を抜く。左手は太刀の鞘を摑《つか》んでいる。

(動きに無駄はないか)

何かが見えた気がした。

十四郎は、左手で脇差を抜いてみた。

その夜から高熱を発した。寒気《さむけ》に震えながら嘔吐《おうと》と下痢《げり》を繰り返す二日間を経た後も、熱は続いた。

金沢から始まった急ぎ旅の疲れが、津波のように押し寄せて来たらしい。

連日ひどい寝汗を搔《か》いた。着替えの着物はすべて濡《ぬ》れてしまっていたが、沢庵の行李《こうり》を無断で開ける訳にもゆかない。起き出し、着物を脱ぎ、囲炉裏に翳《かざ》して乾かし、また着た。

泥のように眠り、ふと目が覚めた。額に冷たいものが触れた。水を絞った手拭《てぬぐい》が載せられていた。

半身を起こし掛けた十四郎を、沢庵が止めた。

「熱は殆《ほとん》どないようだが、まだ寝ておれ」

「お留守中に上がり込み、熱まで発し、その上世話していただいては、立つ瀬がありません」

「儂を沢庵と思うな。御仏《みほとけ》と思い、縋《すが》るのだ」

僧衣は泥と汗と垢《あか》にまみれ、髪はともかく、髭《ひげ》は伸び放題だった。

「御坊、ちと汚い御仏ですな」

「美味《うま》い粥を作ろうと思うておったが、止《や》めるぞ」

「今日の御坊は輝いて見えます」

「そうであろう。山に入って、心を清めてきたからの」

土岐山城守に申し出て、許しを得ての山行だった。

「食うも一人、寝るも一人、歩くも一人、ただただ己と向き合う。贅沢《ぜいたく》な時を過ごさせて貰《もろ》うたわ」

「今宵《こよい》からは、私と二人ですな」

「我慢もまた修行だからの」

起き出した十四郎が風呂に水を入れ、沢庵が夕餉《ゆうげ》の支度《したく》を始めた。

「明日は御目付殿に戻ったと知らせなくてはならぬ。そなたのことも話す故、覚悟しておきなされよ」

何を、どう覚悟することがあるのか、十四郎には見当《けんとう》が付かなかった。

「これだ、これだ」

沢庵が両の手を広げ、槍《やり》で突く真似《まね》をした。

「そなたと稽古《けいこ》をしたくて、うずうずしておられるのだ」

三日後に、土岐山城守頼行が現われた。

「新しい流派を興《おこ》そうと思うてな。手伝《てつど》うては下さらぬか」

頼行は後年、配流の罪を解かれ神田の芳徳寺《ほうとくじ》に身を寄せていた沢庵を訪ね、《自得記流《じとくきりゅう》》の名称を得ることになる。この時は、型の整理と新たな技の工夫をつけるため、春雨庵の庭で十四郎を相手に稽古を積もうとしていたのである。

稽古は三月《みつき》に及んだ。

「本日は、これまでといたそう」

頼行が流れる汗を拭《ぬぐ》った。冬の厳しい寒気の中で、汗は湯気となって立ち昇っている。

「収穫でしたな」

十四郎が僅かに呼吸を乱しながら言った。

「槍の穂先を回しながら突く。躱すのに難儀いたしますな」

「これもすべて十四郎殿のお陰でござる。礼を申す」

「何の何の、私にとってもよい稽古になりますから」

これ程長期にわたって槍を相手とする稽古をしたことは、十四郎にも経験がなかった。槍は長い分だけ、間合いを詰めるのが難しい。しかも、十四郎は居合《いあい》である。一瞬の判断で、太刀の間合いの倍はある相手の懐《ふところ》に飛び込まなければならない。十四郎にとっては、だからこそ、の面白さであった。

汗に濡れた稽古着を脱ぎ、遠駆けの装束《しょうぞく》に着替えると、頼行は供の者を従えて城に戻って行った。

頼行は豪放《ごうほう》に見えて細やかな性格らしく、稽古に来る時は必ず手土産《みやげ》を持って来た。親交のある大名家からの進物だと思われる菓子もあれば、城下で求めた素《そ》朴《ぼく》な食べ物もあったが、美味なものばかりだった。

「これは何であろうな？　ちと重たいが」

沢庵が折敷《おしき》に盛られた和紙の包みを持ち上げた。

おやきだった。奥方が手ずから作られたとの口上が付いていた。

沢庵と十四郎は城のある方向に向かって一礼した後、囲炉裏の灰におやきを埋めた。

「待ち遠しいものだの」

沢庵が子供のような物言いをした。

「修行が足りませぬな」

「食い物を前にして、悟りはないわ」

翌日、金沢の栗田寛次郎から書状が届いた。

松倉小左郎が道場に訪ねて来たので、指図通り半月程で帰ると言うておいたという文面の最後に、何やらひどく荒《すさ》んで見えた由《よし》にて、と門弟の目に映った小左郎の様子が書かれてあった。十四郎の眉宇《びう》が曇った。

「御坊、申し訳ありませぬが……」

「構わぬ。山城守様には、話しておく故、急ぐがよい」

# 四

風が吹いていた。砂埃《すなぼこり》が舞い上がり、空を黄色く染めている。加賀国の金沢に十四郎はいた。

（来るだろうか……）

栗田寛次郎の門弟が、小左郎がその酒場に入るところを何度か見掛けていた。十四郎は四辻《よつつじ》の物陰に身を潜めて風を避け、小左郎を待った。

半刻（約一時間）が経とうとしていた。

砂埃の向こうから小左郎の姿が現われた。袴《はかま》の裾《すそ》を風にはためかせ、酒場の戸口に吸い込まれるようにして消えた。その姿は、ひどく屈託《くったく》して見えた。

二十一歳になっている筈だった。

十四郎は己が二十一の時のことを思った。松倉作左衛門末長を斬った年だった。

（どうして、こうなってしまったのだ？）

見たくない姿だった。

(寺に預けたは、私の落ち度だったのか……)

十四郎は物陰から出て、通りを横切り、酒場の引き戸に手を掛けた。

中は静かだった。

四人の客がいたが、それぞれが板床に座り込み、折敷に置かれた三合は入る銚《ちろ》釐《り》から手酌《てじゃく》で黙々と酒を飲んでいた。

小左郎の姿は一番奥にあった。入り口に背を向け、肘《ひじ》で掬《すく》い上げるようにして飲んでいる。いつ身に付けたのか、乱暴な飲み方だった。

十四郎は腰から刀を引き抜くと、板床に上がった。

「おいっ」

と、破落戸《ごろつき》風の男が、目の前を通り掛けた十四郎に言った。

「埃が落ちらぁな。静かに歩かねえかい」

「済まんな。許せ」

小左郎の肩がぴくりと震え、振り向いた。

十四郎を見詰めたまま、凝《じ》っと動かない。

小左郎の向かいに座り、奥から顔を出した小女《こおんな》に、小左郎と同じものを頼んだ。直《す》ぐに、銚釐と干した川魚が来た。

「寺を出たそうだな。どうした？　何かあったのか」

十四郎は湯呑みに酒を注《つ》ぐと、咽喉《のど》に放《ほう》り込んだ。上等の酒ではなかったが、不味《まず》い酒ではなかった。

「私を嘲笑《あざわら》いに来たのですか」

小左郎が、俯《うつむ》いた姿勢を崩さずに言った。

「……何を荒れておるのだ？」

小左郎の顳顬《こめかみ》に青い筋が浮いた。

小左郎の剣の位置を探った。作法通り、馬手《めて》に置かれていた。

「作左衛門殿の剣には、微塵《みじん》の曇りもなかったぞ」

小左郎が小さく肩を震わせて笑った。

「槇殿らしいな」

小左郎が湯呑みを呷《あお》った。黒い垢《あか》じみを浮かべた咽喉が、縦に動いた。

「私をこうしたのは、あなただ」

小左郎は両肩を窄《すぼ》め、目の前に挙げた両の掌を震わせ、

「私には」と言った。「槇殿を越える力がない。それを嫌と言う程叩《たた》き込んでお

いて、あなたは寺を去った。私を置き去りにしてな」

小左郎は、歯の隙間《すきま》から息を吐き出すと、続けた。

「卑怯《ひきよう》だ。私に抜け殻《がら》のようにして生きろと言うたも同じではありませぬか」

「そなたを三度破った」

太刀筋を思い出せるか、と十四郎は、小左郎に問うた。

「忘れてはおりませぬ」

小左郎の酒に濁《にご》った目が、記憶の中を泳いでいる。

「分からぬか。一度目はそなたの小太刀の間合いの外で立ち合い、二度目は内で立ち合うた。そして三度目は……」

「剣を抜かず、見切りで私を破った……」

「そなたの剣から伸びが無くなったのだ。そうと告げずに去ったが、気付くべきであった」

己に自信を持つのだ、と十四郎は諭《さと》した。己を強くするも、弱くするも己なのだぞ。

「…………」

「作左衛門殿はおらず、私はそなたの仇だ。一から十まで教えて貰《もら》おうと思うな」

「…………」

「そなたはまだ腐ってはおらぬ。大丈夫だ」

小左郎の湯呑みに涙が落ちた。小左郎は拳《こぶし》で拭うと、川魚を口に押し込んだ。

十四郎の鼻の奥がつんと痛くなった。思いを隠し、湯呑みを呷って言った。

「路銀もなく苦労したであろう？」

「喧嘩の助っ人やら悪いことにも手を染めました……」

まさか。十四郎の胸を掠《かす》めるものがあった。

「何人、斬った？」

小左郎の顔に緊張が奔《はし》った。

「……十人は」

「斬って何か身に付いたか」

「恨みだけ、でしょう……」

十四郎は銚釐を持ち上げると、小左郎の湯呑みに注いだ。

小左郎が両手で頭を抱え、うっと嗚咽《おえつ》を漏らした。

小鉢に固い物が当たる音がした。銭を投げ込んだのだろう。入り口辺りにいた破落戸が背を丸めて、店を出て行った。

「小左郎、一から修行をし直せ」

小左郎が涙に濡れた顔を振り上げた。

「私は、もう戻れませぬ」

「まだ二十一だぞ。沢庵殿から禅を学び、やり直すのだ」

「許して下さるでしょうか」

「坊主は許すのが商売だ」

小左郎の頰《ほお》に、微《かす》かな笑みが浮かんだ。

「今のそなたに必要なのは、心の修行だ」


外はまだ風が吹き荒んでいた。

襟許を掻き合わせていた十四郎の手が止まった。

「跳べ！」

叫んだ瞬間、十四郎は身を横に投げ出した。動作が遅れた小左郎の腕と肩を、矢が刺し貫いた。小左郎は柄《つか》に手を掛け、一歩、二歩と足を踏み出している。更に二本の矢が、小左郎の胸と太股《ふともも》を射た。

頽《くずお》れる小左郎の脇を擦《す》り抜けて、十四郎が通りを走った。先程まで十四郎が潜んでいた物陰に、弓を手にした破落戸が数人固まっていた。酒場にいた破落戸が、十四郎を指さして、叫んでいる。

十四郎は脇差で、その男の心の臓を刺し貫くと、振り向きざまに周りにいた四人を斬って捨てた。

「待ってくれ」

弓を手にした男が叫んだ。

「親分を闇討《やみう》ちにしたのは野郎の方なんだ」

十四郎は、黙って弓ごと男を斬り下ろした。血煙が風に乗り、板壁を朱に染めた。

## 五

十四郎が出羽国に戻ったのは、二月《ふたつき》を経た寛永七年（一六三〇）の三月中頃だった。

小左郎は危うく一命を取り留めた。

十四郎は、騒動の後手早く小左郎を栗田寛次郎の道場に運び込み、看病を続けた。次第に傷の癒《い》え始めた小左郎を寛次郎の手に委《ゆだ》ね、自らは沢庵の許に赴《おもむ》くことを決め、寛次郎に後事を託した。寛次郎は「お任せあれ」と、快く胸を叩いてくれたのだが、役所の方で面倒な手続きを要求された。しかしそれも、伯父の名を出すと、呆気《あっけ》ない程簡単に許しが出た。

前田家としては、破落戸の生き死にのような些事《さじ》で、幕閣《ばっかく》の縁者と事を荒立てたくはなかったのである。

「何はともあれ、大変だったの」

沢庵が囲炉裏に薪をくべながら言った。

「これで小左郎から憑《つ》きものが落ちるとよいの」

「御坊の許で修行し直すのだと、言うておりました」

「そうか、そうか」

沢庵が、分かったか、と言ってしみじみと十四郎を見詰めた。斬れば、斬られるのだ。

「それにしてもそなたは、血糊《ちのり》と縁の切れぬ男よの」

沢庵が呆《あき》れ顔をした。

「不徳のいたすところです」

「本当にそう思うのなら、出家《しゅっけ》したらどうだ?」

「またそれを言われる」

「そなたのような者は、寺に留めておくに限るのだ。外に出しておくと、何をするか分からぬからの」

「形無《かたな》しではありませぬか」

「形があるから心が囚《とら》われるのだ。形など、無くてよいのだ」

「御坊、その一言があるから、無闇《むやみ》と武家にもてるのですぞ」

そうかもしれぬの。沢庵は小さく笑うと、

「早《は》ようよくなるとよいの」

沢庵は、小左郎の名を呟《つぶや》くように口にし、先に床に就いてしまった。

その夜更け――。

寝付かれぬままに天井を見上げていた十四郎は、庭に気配を感じ、呼気を止めた。

獣《けもの》の放つ気配ではなかった。息を潜めた人が放つそれに相違なかった。その者は闇の中にいた。

まばらに残った雪に濡れた土を踏む音も立てず、どのようにして入り込んだのか、その者は暫く佇《たたず》んでいたが、やがてまた音もなく立ち去って行った。

（誰だ？）

思い当たる者はいなかった。

十四郎は深く息を吸った。凍るような冷気が、肺腑《はいふ》を満たした。


十四郎の帰りを待ち兼ねていた頼行が、庵に戻ったと知ると駆け付けて来た。

「見て下され」

工夫した技の数々を演じて見せた。流派を興《おこ》そうとしているだけに、流石《さすが》に見事な技ばかりだった。

翌日からは、頼行だけでなく、頼行の槍の師匠までもが庵を訪ねて来るようになったので、槍の稽古の相手をするのが日課のようになってしまった。

「おいおい、お前様方は、ここを道場と間違えてはおらぬか」

僧衣に襷《たすき》を掛けた沢庵が、鍋の用意をする手を止め、嘆いて見せたものだった。

雨に降り込められ、稽古もなく、静かな夜を迎えたある宵《よい》、

「どうするつもりだ？」

と沢庵に訊かれたことがあった。

「これから先のことだ」

「仇を探します」

「それから？」

「勝つか負けるかは分かりませぬが、もし命があったら、この春雨庵のような庵を、どこかの山中に建てたいと思うております」

考えていたことではなかった。問われて反射的に思い付いたことだった。しかし、ずっと以前から考えていたことのように、自分でも思えた。

「そこで、独り朽《く》ち果てると言われるか」

「誰にも知られず、誰にも知らさず……」

「そうよのう。儂が夢も、そのようなところかの」

冬が過ぎ、春になった。


藪をしごく音が近付いて来る。

十四郎は薪を割る手を止め、藪の奥を見た。

猟師のように頰被《ほっかむ》りをした沢庵が、戻って来るところだった。

沢庵は、手にした籠《かご》を高く掲げると、

「採れたぞ」

と威張《いば》って見せた。

籠の中には、蕗《ふき》の薹《とう》や田平子《たびらこ》や甘草《かんぞう》の若芽が入っていた。どれも沢庵の好物だった。

「御坊は、御自身の好物しか摘んで来ぬ」

文句を言うと、

「だから言うておるであろう。食い物を前にして悟りはない、と」

沢庵は笑い声を上げると、戸を開け、竈の方に行ってしまった。早速茹《ゆ》でて灰《あ》汁《く》抜きをするつもりなのだろう。開け放たれたままになっている戸口が、暗い。

十四郎は立ち上がると、木立《こだち》を見遣った。雪は消えたが、芽吹きには遠い。

寒々とした風景だった。

生まれ故郷の土居村とは少しも似てはいなかったが、どちらも何もない土地であった。

（なぜ、あのような土地で道場を開いたのか）

十四郎は、祖父・彰三郎正高の心を推《お》し量《はか》ろうとした。

(あそこでは、誰にも知られぬではないか)

と考えて、自身が沢庵に言った言葉を思い出した。

――誰にも知られず、誰にも知らさず……。

そんな気持ちが、祖父にもあったのだろうか。

(分からぬ)

十四郎は首を振ると、鉈《なた》を丸太に嚙《か》ませ、庵に向かった。

(……ん!)

背後に人の気配があった。足を止めた。

威圧するような気配が、徐々に膨《ふく》れ上がってきている。

(これ程の者が、上山におったのか)

いつの間にか、身動きが取れなくなっていた。動けば、間違いなく斬られる。

太刀は囲炉裏の側《そば》に置いてあった。襲われた時、果たしてそこまで行き着けるか。十四郎は気配が放つ呼吸を探った。

「お久し振りにござります」

気配が声を発した。飛び退《しさ》るようにして間合いを取り、十四郎は振り返った。

柳生七郎だった。

江戸の柳生屋敷で五分の見切りを教えて以来、七年が経つ。十七歳だった七郎は、二十四歳になっている筈だ。身体が一回りも二回りも大きくなっている。

「穏やかな現われ方ではござらぬの」

逞《たくま》しく育った柳生の血に押されるものを感じながら、十四郎が言った。

「今日は、ちと鈍《にぶ》いようですな」

何を言っているのか、意味が分からなかった。

「雪が残っている頃の方が研《と》ぎ澄《す》まされているのかもしれませんな」

誰かが音も立てずに庭に忍んでいたことがあった。

「お主だったのか」

「十分に気配は殺したつもりでしたが。流石《さすが》は十四郎殿です」

「なぜ堂々と訪ねて来なんだ？」

「試したのでございます」

その物言いは、十四郎の癇《かん》に障《さわ》った。

「試して何とする？」

「槇殿と、まだどれ程の腕の差があるか、知りたくなりましてな」

「立ち合うてみるか」

「望むところにございます」

七郎の目の端が吊《つ》り上がった。

(抜くか)

十四郎は身に寸鉄も帯びていなかった。どうする? 七郎の目を見詰めたまま、武器になりそうなものを探した。

七郎の右足がにじり寄って来た。

「馬鹿者」

沢庵が戸口に立ち、大声を発した。

「何かと言うと直ぐ立ち合いたがる。お前様方は犬か」

「これは御坊、お久しゅうございます」

七郎は緊張を解くと、僅かに頭《こうべ》を垂れた。

その隙に十四郎は、間合いを取り、一足一刀の距離から外れた。

「儂は並の坊主とは違う。立ち合いたければ立ち合うがよい。それが、お前様方の商売だからの」

沢庵は間に立つと、十四郎と七郎を交互に見、

「だが」と言った。「命は粗末にするな。蟇肌竹刀《ひきはだしない》を使いなされ」

蟇肌竹刀は、柳生宗矩の父・石舟斎《せきしゅうさい》の師である上泉伊勢守信綱《こういずみいせのかみのぶつな》が考え出した、稽古時に使う竹刀だった。割り竹を革で包み、漆《うるし》を塗って固めたもので、膚《ふ》理《り》が蟇《ひきがえる》に似ていることから、そう呼ばれていた。

「持参しておりませぬ」

「作ればよい」

竹を割り、晒《さらし》で巻き、数箇所を縛って固めればよかろう。異存があるなら、止めい。沢庵に従うしかなかった。

「分かったのなら、その前にちと手伝え」

沢庵が庵に入った。

十四郎と七郎が続いた。

沢庵は竈の前に立つと、

「十四郎、そなたは残りの菜を洗え。七郎は湯が沸いたら塩を落とせ」

自身は包丁を手にしている。

「御坊？」

十四郎が尋ねた。

「下拵《したごしら》えをしておくのだ。傷の手当に忙殺されるかもしれぬでな」

六

下拵えが済むと沢庵が、十四郎に言った。

「竹を伐《き》って参れ」

七郎は、十四郎が戻って来るまでここにおれ。庵に留めた。

青竹が庭に並べられた。

「七郎が割るのだ」

手出しいたすな。十四郎は一歩下げられた。竹が割られていく。

「十四郎から先に割れ竹を五本選べ」

竹の肉の厚さは、どれも同じくらいであった。十四郎が選び、七郎が続いた。

「脇差の分はいらぬのか」

竹を短く伐り出して来るのを忘れていた。

沢庵が鉈を振るって、残っている竹の寸を詰めた。

「後は、各々《おのおの》晒しを巻き、縛るがよい」

水を吹き掛け、固く巻き付けた。

（軽い）

竹刀を振った十四郎は、そのあまりの頼りなさに面食らった。思い切り振ると、竹刀の先が撓《しな》うではないか。

「七郎殿は、いつもこれを使うのか」

「門弟相手の時に限りますが」

「羽根のようだの」

「羽根でも人は斬れます」

「…………」

「本当に」と、沢庵が間に入った。「立ち合うのだな？」

十四郎、七郎ともに先程よりは落ち着いているが、為合《しあ》う気持ちが萎《な》えているようには、沢庵には見えなかった。

「仕方ないの」

一本勝負、始めい。沢庵が身を引いた。

「参るぞ」

仕掛けたのは十四郎だった。

間合いに飛び込んだ。

七郎の竹刀が滑り出し、十四郎の首筋を払った。五分を見切って躱すと、十四郎は七郎の胴を斬り上げた。十四郎の竹刀が胴に喰《く》い込もうとした瞬間、七郎の左手が竹製の脇差を逆手に抜いて、竹刀を受けた。

「うっ」

と十四郎が声を上げた。

(居合は封じたわ)

虚空《こくう》に流れていた七郎の竹刀が、唸《うな》りを生じて十四郎の首筋に落ちて来た。

七郎が手応《てごた》えを確信した時、十四郎の左手が逆手に竹の脇差を抜き払い、竹刀を受けた。

「…………！」

揉《も》み合った後、双方が飛んで離れた。

「居合に逆手抜刀術があろうとは思わなんだ」

七郎が、息を継ぎながら言った。

「これで、手のうちは見せていただいた」

初太刀に続く二の太刀を防御用に工夫したのが、脇差を逆手に抜く技だった。

（守りは万全となろう）
密《ひそ》かな自信となっていた逆手抜きであった。ところが——。
七郎は、十四郎の工夫を嘲笑うかのごとく、脇差を逆手に抜く技に習熟してい
た。
十四郎は竹の脇差を腰に差し、次いで竹刀を納めると、居合腰を取った。
七郎は両の手に大小を下げたまま、じりっと横に動いている。
七郎は足を止めると、歩幅を詰めて、正面から向かって来た。
逆手に持った脇差の切っ先を突き出し、竹刀は上段に振り被っている。
脇差を払えば上段にある竹刀が落ちて来る。竹刀に気を取られれば、脇差が喰
い込んで来る。
十四郎は脇差を逆手に抜いた。竹刀は、未だ腰間《ようかん》にある。
七郎の竹刀が振り下ろされた。脇差で受けた。七郎の脇差が横に払われ、十四
郎の腹部を浅く掠った。
と同時に、十四郎の竹刀が七郎の腹部を斬り上げた。反射的に七郎が飛び退《の》か
なければ、ここで勝負は決しただろう。
ともに浅傷《あさで》を負った形になり、再び間合いの外に出た。

「やりまするな」

七郎が言った。

「腕を上げたな」

十四郎が竹刀を腰に納めた。

「参る」

七郎が、再び逆手にした脇差を突き出して、進んで来た。竹刀は上段にある。

十四郎は、脇差の攻撃を脇差で受けた。

鍔競合《つばぜりあ》いをしたまま七郎が右に動いた。右に回られては、逆手に抜いた脇差と腕が邪魔をして、居合の間合いに入れない。それはまた、七郎にしても同様だった。己の半身が壁となり、振り翳した竹刀を打ち下ろすことが出来ないでいる。

（どうするか）

どうかしたくとも、互いの竹刀は嚙み合っていた。七郎の動きに合わせるしかなかった。十四郎は、自身も右に回った。

その時だった。七郎がにわかに左に回ったのだ。間合いも何もない。目の前に互いがいた。

「貰《もろ》うた！」

七郎は僅かに身を引くと、竹刀を振り下ろした。先《せん》を取り、十四郎の左肩を袈裟に斬り裂いたかに見えたが、身を引いた分だけ遅れた。踏み込んだ十四郎の竹刀が、脇の下を掻《か》い潜《くぐ》るようにして七郎の胸許《むなもと》を斬り上げた。

「何故立ち合うた？」

柳生宗矩の声が響いた。抑えてはいるが、怒気に溢《あふ》れている。

虎ノ門にある柳生家上屋敷の奥座敷で、七郎は宗矩と向かい合っていた。

「儂がそなたに申し付けたは……」

奥州諸藩の様子を窺う序《つい》でに、沢庵が難儀してはおらぬか見定め、そして十四郎に、駿府に行く気配があるか否かを探ることだった。

「それを忘れ、立ち合い、負けた」

柳生家の者は負けてはならぬ、と宗矩は言った。

「柳生家は、柳生谷におった頃の柳生家ではない。将軍家に兵法を指南する、天下第一の剣の家になったのだ。立ち合うたら、必ず勝たねばならぬ」

そなたの話から推測するに、と宗矩は言った。

「敗れた因は、動き過ぎたからだ。力は接近している。次に立ち合うた時は勝てる。その時は指示する故、必ず倒せ」

宗矩は脇息《きょうそく》に肘《ひじ》を掛けると、土井大炊の甥でなければ、と言って、ぐいと体重を乗せた。

「今直ぐにでも闇に葬ってくれるものを、運のよい奴よの」

「駿府に行くでしょうか」

様子を探る間もなく立ち合ってしまったため、何の調べも出来ていなかった。

「己の一存では、先《ま》ず行かぬであろうな」

沢庵との暮らしを楽しんでいるらしいところから、それは七郎にも感じられた。

「後は、大炊殿の出方次第でしょうか」

「であろうな」と宗矩が、声を潜めた。「大炊は、我らの動きに気付いている。我らが上様の御意向で動いていることも、よう知っている。たとえ大炊と言えど、我らに逆ろうてまで邪魔立てするとは思えぬが、あの男の尺度は柳生とは違うでな」

徳川家安泰のためなら、いつでも捨て石になろうとしているのが、土井大炊頭利勝だった。己がここまで出世したのは、偏《ひとえ》にその覚悟があった故だと、頑《かたく》なに信じているに相違ないと、宗矩は利勝の胸のうちを読んでいた。

（厄介《やっかい》なお方よ）

厄介ではあったが、徳川家安泰を第一に考えて事を行なえば、多少の逸脱には目を瞑《つぶ》る。それが大炊の正義だと心得ていれば、与《くみ》しやすいと言えなくもなかった。

「我らには」

七郎の言葉を耳にし、宗矩は顔を上げた。

「七星剣がおりますれば、邪魔立てしたくとも出来ぬでしょう。確かに龍斎一人には勝ちましたが、龍斎が七星剣の一人だとは知られておらぬ筈。七星剣を相手にするとなれば、十四郎殿とて腰が引けるに相違ございませぬ」

「大炊を侮《あなど》るでない。龍斎がことは知られておるやもしれぬ。使うておる細作《さいさく》の腕は確かなものだからの。だからこそ、幕閣の中枢におるのだ」

「父上」七郎が珍しく膝《ひざ》を寄せ、是非とも、と言った。「私もお加え下され。刃の下を潜りとうございます」

「ならぬ」宗矩が言下に否定した。「此度《こたび》の企ては、事と次第によっては、将軍家の御弟君のお命に関わるものだ。世の中、どう変わるか分からぬ故、柳生家がこの先安泰であるためには、嫡男はそのような企てには加担せぬ方がよいのだ」

七星剣は、柳生流にとっては異端の者の集まりだ。宗矩は声に出さず、唇のみを動かした。万一の時は、罪を被せ、切り捨てる。そのように心得ておけ。

「七郎」と唇が呼び掛けた。「早《は》よう腕を上げろ。腕を上げ、十四郎を、七星剣を叩っ斬れ」

その二月後——。

上山の春雨庵に、土井利勝の使いの者が現われた。

「十四郎様、殿がお呼びでございます。至急江戸へお戻り下さい」

女武芸者蓮尾水木だった。

# 第五章　駿州藁科《すんしゅうわらしな》・木枯森《こがらしのもり》

一

十四郎は江戸に七日留《とど》まってから、水木とともに駿府へと向かった。出羽国上山から江戸への道中を共にしたことで、互いの足の運びと呼吸を熟知するまでになっていた。

大炊殿橋御門内にある土井家上屋敷を明け六ツ（午前六時）に発《た》ち、品川《しながわ》、川崎《かわさき》、神奈川《かながわ》、程ヶ谷《ほどがや》、戸塚《とつか》、藤沢《ふじさわ》、平塚《ひらつか》と距離を稼《かせ》ぎ、暮れ六ツ（午後六時）に大磯宿《おおいそしゅく》の先にある小磯《こいそ》に着いた。

「隠れ家がございますので、一夜を過ごしていただきます」

集落の外れに小橋が架かっており、それを渡ると石地蔵があった。その脇の茅《かや》葺《ぶ》きの百姓《ひゃくしょう》家が隠れ家だった。

「こちらにございます」

戸口で老夫婦が出迎えた。武家の出であることは直《す》ぐに知れた。腰の据わりと眼光《がんこう》が違っていた。

老夫婦は街道に目を配ると、水木と十四郎を招き入れ、低頭した。

「厄介《やっかい》になります」

十四郎が声を掛けた。

老夫婦の頭の位置が更に低くなった。

囲炉裏《いろり》の周りにいた二人の先客は、十四郎と水木が戸口を潜《くぐ》るのと同時に下座《しもざ》の隅に移り、両の手を突いている。小商人《こあきんど》の形《なり》をした者と、飴屋《あめや》の姿をした者で、千蔵《せんぞう》に兵衛《ひょうえ》と名乗った。双方とも、身のこなしに寸分の隙《すき》もなかった。

上山からの旅の途次《とじ》、川の畔《ほとり》で休んでいた時に水木に尋ねた。

――腕が立つとは言え、女子のそなたを度々遠路使いに出すとは。伯父上側近の武芸者と思うておったが、違うたようですな。

――大炊頭様からは？

――何も聞いてはおらぬが。

――左様でございますか。

――聞いてはいかんのですか。

――いいえ、知っておいていただかぬと、後々動きが取れぬかと思います。

水木が居住まいを正した。

――隠すつもりは毛頭ございませんでしたが、ついつい言いそびれておりました。申し訳ございませぬ。我ら、大炊頭様配下の細作《さいさく》でございまして、私が頭領を務めさせていただいております。

――細作？

――忍びのことでございます。

続けるようにと、十四郎が促した。

――大炊頭様が、慶長七年（一六〇二）下総国小見川《しもうさのくにおみがわ》に一万石の地を拝領なされた時、亡き権現様から徒《かち》の士十名を家臣としてお下げ渡しいただきましたこと、ご存じでしょうか。

――聞いたような気もしますが、よく覚えていません。

十四郎が生まれる一年前の話である。

気を取り直して、水木が続けた。

――その折、徒の士とは別に細作の家から三家を選び、密《ひそ》かに大炊頭様に下されたのでございます。私は三家を束ねる蓮尾家に生まれましたので、細作としての鍛練の他、小太刀《こだち》を習《なろ》うておったのですが、病没した兄に代わり、代を継いだのでございます。

――成程《なるほど》……。

水木の足腰の強さに得心《とくしん》が行くと同時に、伯父利勝の駕籠《かご》の警護に当たっていた者の動きが思い返された。

松倉作左衛門の出現の際、即座に四囲《しい》に散り、要所を固めた者どもがいた。

(あれが配下の者どもであったのか)

目の前にいる千蔵と兵衛を見た。千蔵に覚えはなかったが、兵衛の髷《まげ》を変えると、それらしい面体《めんてい》になった。

尋ねた。

「恐れ入りましてございます」

兵衛が唸《うな》った。

「あの騒ぎの中」と水木が言った。「よう見て、よう覚えておいでてでございました」

「剣を習い始めた頃、父には叱《しか》られてばかりでしたが、目の配りだけは褒《ほ》められたものです。巾着切《きんちゃくき》りになれるとな」

予期せぬ答えに、千蔵と兵衛が顔を見合わせた。

「こういうお方なのです。分かりましたか」

「はっ」

千蔵と兵衛の肩が、持ち上がり、沈んだ。

「二人は小頭《こがしら》を務めております。腕も立ちます故、私同様存分にお使い下さい」

「よしなに頼みます」

十四郎に遅れて二人が頭を下げた。

二人が顔を起こすのを待って、

「隠れ家は」と十四郎が訊《き》いた。「ここ以外にも？」

「東海道に限って申せば、四箇所にございます」

「変わった仕掛けなどは？」

水木が千蔵と兵衛に頷《うなず》いて見せた。

千蔵が膝《ひざ》をにじり、上がり框《かまち》の床板を剝《は》がした。

反《そ》りのない直刀《ちょくとう》が二振り収められていた。不意の襲撃への備えだった。

兵衛が、脇の土壁の隅を押した。土壁がぐるりと回り、兵衛が消えた。

「他にもございますが」

いかがいたしましょうか、と水木が尋ねた。十四郎は手を僅《わず》かに挙げて断ると、

「柳生屋敷に上がったことがあるのだが」と言った。「やはり、このような仕掛けがあったのであろうか」

「この家の比ではございますまい。例えば、兵衛……」

細い風音が立ち、十四郎の膝脇に吹き矢が刺さった。

吊《つ》り下げられた蓑《みの》の端から吹き矢の筒が見えていた。

「壁の向こうから狙《ねら》い、毒矢を射《い》るなどは十分考えられます」

「柳生の忍びと立ち合《お》うたことは？」

「ございませぬが、闇の中で気配を探り合うたことはございます」

「駿府では、ぞろぞろ出て来るのであろうな？」

「恐らく」

「立ち合うたら斬《き》らねばならぬが、あまり人を斬ると沢庵坊に叱られるのだ。頭を剃《そ》ったぐらいでは許して貰《もら》えなくなりそうでな」

「首がなくなるよりは、よいかと」

「それはそうだの」

十四郎は、壁から出て来た兵衛が座るのを待ち、おもむろに言った。

「先《ま》ずは生き残ることが肝要《かんよう》、と思っていただきたい。敵が強ければ、ためらわずに逃げる。ただし、仲間を置き去りにはしない。仲間を守り、ともに逃げる。よろしいな？」

水木と千蔵と兵衛が、十四郎の前に並んで手を突いた。

二

七日前――。

土井家上屋敷に着いた十四郎は、風呂に入り、髭《ひげ》を剃り、洗った髪を後ろに撫《な》で付けた。まだ髷を結うどころか、元結《もとゆい》で縛ることも出来ぬ短さだった。

――猪《いのしし》のようだの。

利勝の開口一番の言葉だった。

利勝は十四郎と水木の支度が整うのを、御座の間で待っていた。

――酒が見えぬようですな。

十四郎の軽口を制し、手で座れと指し示した。

――駿河大納言様のお命を守るのだ。

話は、そこから始まった。

――何かおかしい。儂《わし》の知っている大納言様ではないように感ずるのだ。何か違和感がある。二年程前の冬の頃からだ。

頭領に頼み、大納言様の側近くと、駿府の要所に細作の目を光らせておったのだが、と利勝は言った。

――三月《みつき》前のことだ。江戸屋敷からの使いと称する者が、大手門内にある家老・井関美作の屋敷を訪《おとな》うのを細作が認めた。目の配り、足の運びが尋常の者ではなかったため、目を引いたのだな。

――以来、美作の屋敷を見張っておるのでございますが。

と水木が口を添えた。

――警戒が厳しくて忍び込むどころか、人の出入りを調べるのにも難渋しております。

――そなたらでも？

——要所を占《し》めておる者どもに隙がないのです。ところが……。

私用で墓所に参っていた細作が、諸川龍斎の墓に詣《もう》でている武家姿の者を見掛け、後を尾《つ》けた。その男は美作の屋敷の塀際に佇《たたず》むと、忍びが使う指文字で警護の者と話していた。

——龍斎と警護の忍びと、どのような繋《つな》がりがあったのか。龍斎が何者であったのかを改めて調べました。

片山伯耆流の道場を幾つか訪ねると、出自などは意外と簡単に分かりました、と水木が言った。ところが、ある年を境にぱたりと消息が知れなくなりました。柳生宗矩と立ち合うて敗れた頃からです。

敗れる。その時命があれば、剣客《けんかく》が取る行動は二つしかない。復讐《ふくしゅう》を誓うか、弟子入りするか、である。

——宗矩の弟子になり、柳生谷に引き籠《こ》もって修行を積んでおったのではなかろうか。

十四郎は思うところを口にした。

——まさにそうなのですが、話には先がございました。

水木らは、江戸の柳生屋敷から大和《やまと》の柳生谷に使いに出された者を捕らえ、拷《ごう》問《もん》に掛け、龍斎について聞き出したのだった。

――自害出来ぬよう顎《あご》を外し、指も折り、足指で文字を書かせて聞き出したそうだ。

――水木殿も立ち会われたのですか。

――水木が責めたのだ。

――…………。

十四郎は口にする言葉を探した。

――小太刀が使えるからとか、生まれた家がどうだとかで頭領になったのではないぞ。

――でしょうが……。

――水木は、己が行なう責めの殆《ほとん》どを、自らの身体《からだ》で試しておる。だから、落とせるのだ。我慢出来る限度を知っておるからの。勿論《もちろん》、手足の指を潰《つぶ》すだの斬り落とすなどは試さぬがな。

――殿、その辺で。我らの務めにござりますれば、あまり大袈裟《おおげさ》に考えられませぬよう。

水木は、さらりと言うと続けた。

――龍斎は、柳生の裏の顔を支える七星剣の一人でございました。残る七星剣の六人も、それぞれ他流派を会得《えとく》した後、柳生流を修めた者であることが判明いたしました。

――その者どもは、刺客《しかく》として飼われておる訳ですな。

――事が露見した折には、柳生とは一切関わりを持たぬ他流派の者として葬《ほうむ》るのだ。いかにも柳生らしい考え方だ。

　利勝が口の端に泡を溜《た》めた。

　七年前、江戸の柳生家上屋敷で、障子《しょうじ》越しに両角烏堂と名乗り合ったことを、十四郎は思い出した。烏堂の名を口にした。

――私がこれまでに出会うた者の中では、最も腕が立ちますな。

――その烏堂こそ、七星剣を束ねる者です。

――そうらしいですな、伯父上がそのように仰《おお》せになったのを覚えています。

　改めて合点《がてん》している十四郎に、利勝が訊いた。

――勝てるか。

――分かりませぬが、武芸者としては、何としても立ち合うてみたい豪剣の持ち主ですな。

——敗れたら死ぬのだぞ。仇《かたき》を討てなくなってもよいのか。

——私は斬られても、死にませぬ。

どうして死なぬのだ、と利勝が一呼吸おいてから訊いた。

——死にたくないからとしか、申し上げようがございませぬが……あれ程強い者を見過ごす訳には参りませぬ。

——やはりあの親父の息子だの。

父・貴一郎正兼は、樋沼潔斎の太刀筋を見て、矢も楯もたまらず真剣での立ち合いを求め、破れて果てた。

——同じ血が流れているのを感じますな。

——その鳥堂が……。

と水木が、ためらいながら割り込んで来た。

——龍斎ら六人を集めたと思われます。残る五人の名は、岩瀬又十郎《いわせまたじゆうろう》、大辻陣内《おおつじじんない》、氷室右近《ひむろうこん》、左近《さこん》の兄弟、そして猿《ましら》の申伍《しんご》。いずれも手練《てだ》れの者にございます。

——猿の……。

——申伍でございます。もしや、この名に覚えでも？

覚えはなかったが、《猿の》という二つ名が珍しかった。

――柳生谷での話ですが、入門を願うた者と猿を立ち合わせたことがあったやに聞いております。猿に勝てた者だけが入門を許されたとか。

――すると、猿を躾《しつ》ける者がいた筈《はず》ですね。

――恐らくは、その一族の出かと。

――猿使い、とも考えられるな。

利勝が言った。

――はい。

――よう調べられましたな。驚きました。

――ために三名の者が斬られました。

――土井家の者だとは？

――知られてはおりませぬ。柳生は敵が多く、絞り切れなんだのでは、と思われます。こちらが捕らえて口を割らせた者についても、行方が知れぬという知らせは入っておりましょうが、土井家の手に落ちたとは分かっておらぬのか、特段動きはございませぬ。

利勝が十四郎に頷いて見せた。

——両角烏堂。いくらでも表街道を歩ける腕をしておるのに、何故血塗られた裏街道を歩こうとしたのか、その訳を知りたいですな。

腕前からして、いずれかの流派を極めていたのだろう。その烏堂が、何かの折に柳生流と出会い、修め、そうしているうちに、

（七星剣を束ねるようになった……）

烏堂の心に分け入ろうとしていた十四郎に、根はそなたら父子と同じだ、と利勝が言った。

——強い者と立ち合いたい。その思いに首まで浸《つ》かっておるのだ。

徳川の兵法指南役である柳生の近くにおれば、相手には事欠かぬ。しかも、己の剣が政《まつりごと》を左右する。だから烏堂は柳生に留まったのだ。利勝が続けた。

——互いが互いを必要とする時がある。それがぴたりと合うたのであろう。

——殺す者と殺させる者とが、ですか。

その通りだ、と言って、利勝の目が光った。

——人の命など紙風船のように思うとる者どもが出会い、鬼子《おにご》が生まれたのだ。七星剣という鬼子がな。

座敷に張り詰めたものが流れた。

水木が、苦しげに息を継いだ。

美作は、と利勝が、茶を一口飲み下してから言った。

――烏堂に命じられて龍斎を推した。十四郎、そなたを殺させるためだ。大納言様の周囲からそなたを、即《すなわ》ち儂を遠ざけようとしての。それで分かった。大納言様に感じていた違和感は、美作が、つまりは烏堂が、その背後にいる柳生が大納言様のお心を操り、言わせているのではないか、とな。

――将軍家を怒らせるためですな。

――失態を演じさせ、改易《かいえき》に持ち込もうとしているのだ。儂が不審に思うてからでさえ、二年以上の歳月が経《た》っておる。

利勝は茶を啜《すす》ると、続けた。

――そろそろ将軍家の痺《しび》れが切れる頃だ。しかも、側《そば》に煽《あお》るものがおる。春日局《かすがのつぼね》だ。

家光の乳母《めのと》・福は、天皇から《春日》の称号を賜り、絶大な権勢を誇り始めていた。

――その春日局の息《そく》が大納言様に仕《つか》えておるのだ。一度調べてみるがよいぞ。

春日局は、自らが腹を痛めた嫡男正勝《まさかつ》を家光に、次男正定《まささだ》を尾張《おわり》の義直に、そして三男の正利《まさとし》を駿府の忠長に配していた。

——何のために、仕えさせているのでしょうか。

——それは分からぬが、とにかく将軍家が大納言様暗殺に傾いておることは間違いなかろう。

万が一にも儂の読みが当たっているならば、と利勝が言った。阻止せねばならぬ。

——露骨な策謀であろうとも、それに嵌《は》まり改易となったのならば致し方ない。だが殺されたとなれば、世間は将軍家が指図したとしか思わぬ。それでは治世に汚点を残すことになる。将軍家の跡継ぎが決まっておらぬ今、大納言様を殺させる訳にはいかぬのだ。

守れ、と利勝が言った。

——何としても、大納言様のお命をお守りするのだ。

——承知つかまつりました。

水木が、平伏した。

再び、短い沈黙が訪れた。

破ったのは、十四郎だった。

——一つ分からぬことがございます。

何だ？　利勝が訊いた。

——伯父上は、幕閣《ばっかく》の頂点におられるのですな。

——まあ、そうであろうな。

——その伯父上が、将軍家を中心とする此度《こたび》の策謀に、何故加担しておられぬのですか。

ぐいと胸を衝《つ》かれる思いに、利勝は一瞬たじろいだ。

——痛いことを申す奴だの。

——それとも……。

——何だ？

——それが気に入らぬのですか。

十四郎、と言って、利勝は甥《おい》を睨《にら》み付けた。

——いつから、それ程人の心が読めるようになった？

十四郎と水木を下がらせ、利勝は一人で酒を嘗《な》めながら将軍家のことを思った。

家光は二十七歳になっていた。家康は十八歳で信康《のぶやす》をもうけ、秀忠は二十六歳で家光をもうけている。家光も将軍の継嗣《けいし》をもうけなければならない年だったが、衆道《しゅどう》に耽《ふけ》っており、継嗣の誕生は望めない。

忠長に四代を継がせたいと大御所秀忠は思っているが、失脚すればその目は消える。すると、継嗣無き場合、男子の血筋と言えば、庶子《しょし》の幸松丸がいるだけだ。

（とは言え……）

幸松丸をにわかに将軍の後継者として立てる訳には行かなかった。秀忠と晴れて正式に父子の対面をしていない幸松丸には、世継ぎの権利はないも同然だった。また、高遠三万石では、後継者として立ち上がるには、あまりにも押しが利《き》かない。

（すると、前田か……）

家光がもしもの時は、加賀の前田利常《としつね》に嫁《とつ》いだ姉・子々姫《ねねひめ》の子である光高《みつたか》が養継嗣の有力候補になる――。

利勝は、考えあぐねたかのように唸ってから、五十八歳という己《おの》が年を考えた。

二十七歳の家光にしてみれば、煙たい存在であることは間違いなかった。自身が徐々に浮いてきていることは、加担を求められなかった此度の一件からもはっきりした。

秀忠の側近として年寄に名を連ねていた時、家康が没し、駿府から本多上野介正純らが江戸に転じ、秀忠の治世に加わった。

（儂は、あの時の上野になろうとしておる……）

上野の二の舞いを踏んではならぬ。

徳川家のために、

（今暫《しばら》くは、生き残らねば……）

そのためにも、儂を抜きにしては事が容易に進まぬことを、将軍家に、松平伊豆守ら側近どもに、叩《たた》き込まねばならぬ。側近どもの浅知恵《あさぢえ》と柳生の刺客だけでは、思い通りにならぬことをの。

そのための暗殺阻止でもあることを、

（十四郎奴《め》に、見破られるとは思わなんだわ）

年を経れば、苗木も大樹になるものよ。利勝は十四郎の言葉を口の中でなぞってみた。伯父上ハ、徳川ガ生ンダ鬼子デスナ。

——だからどうした？　七星剣と戦うのが嫌になりおったか。

——何の、烏堂とは剣を交《まじ》えてみたいですからな。

——十四郎様も、と水木が言った。鬼の子でございまする。

虚を衝かれた十四郎は、笑い声を上げると、利勝に言った。

——鬼がうようよしておりますな。

三

小磯の隠れ家を早朝出立した十四郎と水木は、千蔵と兵衛を従え、箱根《はこね》の山を越え、その日のうちに東海道十四番目の宿・吉原《よしわら》まで足を延ばし、翌日府中《ふちゅう》に入った。

駿府の城下は、五年前にも増して賑《にぎ》やかになっていた。東海道を上下する西国《さいごく》の大名たちが、久能山東照宮《くのうざんとうしょうぐう》に詣《もう》で、駿府の城に滞在することが習わしのようになっていたからだった。人が集まれば金が動き、活気が生まれる。駿府は、もう一人の公方《くぼう》様の城下町として、肥大化しようとしていた。

それはまた、大納言忠長の人となりの証左でもあった。

――気持ちのいいお方だ。

多くの大名たちに共通の印象だった。評判は、家光の耳にも伝わった。

――落ち度はある。必ずある。何としても見付けよ。見付からねば作り、その後殺せ。死んで止《や》むなしと思わせるのだ。

柳生宗矩は家光の命令を七星剣に伝えた。

七星剣は、清水湊にある禅寺・禅林寺の寺領の外れに建てられた風雅《ふうが》な屋敷を隠れ家にしていた。屋敷は、寺の有力な檀家《だんか》である商家の主《あるじ》や船主や網元らが集まる時のために作られたものだった。七星剣の面々は、ここでは絵師や俳諧《はいかい》師という触れ込みである。家老井関美作守が請け人になっていることもあり、寺や檀家の信頼も篤《あつ》く、誰一人その正体を疑う者はいなかった。

「殺《や》りましょう。いささか、この地にも飽きました」

七星剣の一人、大辻陣内が言った。

「皆はどうだ？　陣内と同じか」

思い思いの居場所を見付け、それぞれ勝手に刀や武器の手入れをしていた四つの影が、素早く反応した。

「決まりだな」

烏堂が、申伍の名を呼んだ。

衣《きぬ》の擦《す》れる音がして、隅にいた男が烏堂に向き直った。

「そちの出番だ。大納言様を城から誘《おび》き出すのだ」

「心得ました」

申伍は立ち上がると板廊下に出、指笛を音高く吹いた。

黒い小さな影が、樹木の間を跳ね、一つ、二つと集まって来た。

そのうちの一つが申伍の足許《あしもと》に座り、主を見上げている。

「どうだ？　近くの山に、まだ猿はたくさんおるか」

足許の猿が、キィと啼《な》いた。

「そうか。では、案内せい」

申伍は絵師の衣装を脱ぎ捨てると、猿とともに木立《こだち》の奥に消えた。

五年の歳月は、附家老《つけがろう》・朝倉筑後守の家にも幸と不幸を招いていた。

一昨年（寛永五年）千草は、末の子となる男子を産み、都合七人の母親となっていたが、昨年嫡男の民部を病で亡くしていた。民部は二十六歳の若さであった。

十四郎は、初めて訪れた己を温かく迎えてくれた民部のにこやかな笑顔を胸に描いた。

「にわかに病を得て、民部殿が亡くなられたとのこと、我が耳を疑いました。心よりお悔やみ申し上げます」

「ありがとう存じます。恐れ多くも大納言様から、また大炊頭からも親しくお悔やみのお言葉を賜りました。倅《せがれ》は幸せ者でござる。某《それがし》も奥も、一時はひどく気落ちいたしましたが今では何とか立ち直り、奥も末の子の子育てに没頭《ぼっとう》しております。掛川へも立ち寄り、声を掛けてやっては下さらぬか」

千草は掛川の城にいた。

「大納言様が国表《くにおもて》におられるのも、何かの縁でございます。掛川をお訪ねさせていただく前に……」

十四郎は、この五年の間に大納言様がどのようにご成長遊ばされたか、見てみたいのだと申し出た。

「掛川から戻って来るには、安倍川を越さねばなりませぬからな」

宣正の表情が曇るのを、十四郎は見逃さなかった。

「何か大納言様にございましたか」

十四郎は、何も知らぬような顔をして訊いた。

「変わられました」

宣正が、井関美作守頼母の名を挙げた。

「殿は、我ら附家老を遠ざけるようになられましての」

「では、お諌《いさ》め申し上げる方は、どなたも？」

「おらぬのだ。美作しか近付けぬ」

「いつ頃から？」

「かれこれ二年程になりますかな」

伯父が違和感を覚えた頃と、時期的には符合する。

（やはり鋭い男だな、伯父上は）

今更ながら感心したが、十四郎は思いを隠して訊いた。

「大納言様に拝謁《はいえつ》したく存じますが、出来ましょうか」

「お手配いたしましょう」

「では、明日にでも」

拝謁までの手順は、五年前とまったく同じだった。刀番に大刀を預け、控えの間で待たされた後、畳廊下を進み、白書院の入り口で残る脇差を御坊主《ぼうず》に渡し、無腰《むごし》になって御前に出た。

忠長は上段に、宣正と美作守は中段にいた。

「どこで何をしておった？」

忠長の物言いは、昨日別れた知己《ちき》に対するものだった。十四郎は平伏してから、

「但馬、和泉、出羽、そして江戸と修行の旅を重ねておりました」

「成果は？」

「歩けば誰かに出会います。出会いが、人を見る目を養《やしの》うてくれたやに思います」

十四郎は、もう一歩踏み込んだ。

「大納言様は、この一月の間に何人の人と会われましたか」

「む……」

言葉に詰まった忠長は、ために生じた苛立《いらだ》ちを隠そうともせずに答えた。

「余を誰と心得る。訪ね来る者は後を絶《た》たぬわ」

「それは重 畳《ちょうじょう》にございます」

忠長は肩を怒らせていたが、大きく息を吸うと、平静を装い、助力は惜しまぬ、と言った。

「どうだ？　駿府で道場を開かぬか」

「勿体《もったい》なきお言葉なれど、駿府に限らず、土地に根を生やそうという気持ちには、まだまだなれませぬ故、平《ひら》に」

忠長が、それとはっきり見て取れる程露骨に眉根《まゆね》を寄せた。

（やはり、分かってはいただけぬか……）

留まりはする。しかし、居付きはせぬ。この思いがある限り、仇を探す旅を続けられるのだ、と十四郎は思っていた。また、そのような心は、所詮《しょせん》、主も臣も持たぬ流浪《るろう》の武芸者の思いでしかないことも、分かっていた。

「お心を無にいたし、申し訳ございませぬ」

十四郎は背筋を伸ばしたまま、首を折るようにして詫《わ》びた。

中段に控えていた美作守頼母に、忠長が言葉を掛けた。

「美作、嫌われたの」

「あれだけの腕前のお方でございます。駿府では物足りないのかもしれませぬ。無理なお勧めは、却《かえ》って礼を失するかと思われまする」

「美作殿、妙に持って回った言い方をなさるではないか」

中段で向かい合っていた宣正が、声を荒らげた。

「いやいや、決して他意があって申したのではございませぬ。お気に障《さわ》られたならば、どうかお許しを」

頼母が、慇懃《いんぎん》に礼をして見せた。

「大納言様」

と十四郎が、ぐいと顔を上げて言った。

「過ぐる年、某《それがし》に剣の極意をお尋ねになられました。覚えておいでてございましょうか」

「……よう覚えておる」

「間合いだ、と某はお答えいたしました」

「そうであったの」

「某は五分の間合いを見切ることで命を得ております。大納言様も間合いを計ることをお忘れなきよう、衷心《ちゆうしん》より申し上げまする」

「分からぬ。はっきりと申せ」

「五年前にはお分かりになられました。五年前にお戻りなされませ」

「大納言様に対し奉《たてまつ》り、過ぎたる物言い、即刻お改めなされい」

気色ばむ頼母に続き、忠長が言い放った。

「十四郎、其の方には余の胸のうちは分からぬ」

「大納言様……」

「後から生まれただけで、弟だということだけで、常に風下に置かれる余の口惜しさが分かるか。やることなすことすべてに目くじらを立てられるのだぞ」

「殿！」

宣正の声を振り切り、忠長は更に続けた。

「余は常に領民を思い、諸侯を思い、彼《か》の者どもが徳川のために尽力してくれるようにと最善を尽くして参った。その一つひとつに対し、将軍家は、兄は、先に生まれただけのあの者は、何をもって報《むく》いてくれたのか。其の方ごとき一介《いっかい》の浪人に分かってたまるか」

「殿、お止め下されい。十四郎殿は……」

土井利勝の甥だと言おうとして、宣正は次の言葉を呑み込み、美作殿、と叫んだ。

「そなたも殿をお止めせぬか」

「大納言様」と美作守が、僅かに膝を進めて言った。「お気をお鎮め下されまして……」

「ええいっ」

宣正が、中段から駆け下りた。

「十四郎殿、お頼み申す。何も聞かなんだことにして下され」

「某は一介の武芸者に過ぎません。剣以外の話に興味はござりませぬ」

「かたじけない」

宣正が頭《こうべ》を垂れた。

「構わぬ」忠長が、言い放った。「思うておることを言うたまでだ。洗いざらい、大炊であろうと誰であろうと構わぬ。得々として告げるがよいわ」

「殿！」

宣正の悲鳴に似た声が発せられた。その後から、十四郎の低い声が通った。

「大納言様、一つお尋ねしてもよろしいでしょうか」

「……申せ」

「大納言様は、伯父・土井利勝がお嫌いでしょうか」

「……嫌っては、おらぬ」

一語一語を噛《か》み締めるようにして、咽喉《のど》から押し出した。

「大納言様、今大納言様は、剣で申すなら間合いの外に飛び出して、某の攻撃を躱《かわ》されました。重ねて申し上げます。間合いを許ること、呉々《くれぐれ》もお忘れなさらぬよう」

「下がれ。そちの物言いは不快だ。二度と会いとうない」

十四郎は、深々と礼をして、御前から退いた。

四

人の気配がした。一人ではない。

（少なくとも、三人……）

十四郎は、太刀を引き寄せて身構えた。城から下がり、朝倉屋敷の一隅に宛《あてが》われた居室である。既に日は落ちていた。

「気付かれましたな、槙殿」

障子で隔《へだ》てた庭から声がした。

「あれでは、命が幾つあっても足りませぬぞ」

「何者だ？」

「両角烏堂にござる」

「両……」

十四郎は、神経を針のように尖《とが》らせ、そっと障子を開けた。二つの影を従え、一際大きな影が庭先に立っていた。目を凝《こ》らした。月光を背にした影は、巌《いわお》を思わせた。

「隠さずに申し上げるが、我が手の者が城に忍んで聞いておったのでござる」

「何と」

いかに隠形《おんぎょう》の術に優《すぐ》れていようと、見破れぬ自分だとは思えなかった。あの場に本当に忍んでいたのか、それとも、嘘《うそ》か。美作に聞いたに過ぎないのか。もし忍んでいたとすれば、殺しを防ぐ手立ては無きに等しい。

（それを悟らせようとて現われたのか）

いや、と十四郎は心の中で首を振った。

東照大権現が居城であった駿府の城だ。将軍家の弟の代になっても、警備網は厳重に張り巡らされている筈だった。その目を掻《か》い潜《くぐ》ったとは思えなかった。

（違う。そういうことではない。では、何だ？）

城で殺さぬのではなく、城では殺せぬのか。駿府の城中で殺せば、そのような警備しか出来ぬのか、と徳川の威信を傷付けてしまう。それは将軍家にしても、柳生にしても避けたいだろう。

（それか）

十四郎は行き当たるものを覚え、僅かに右足を前に踏み出した。

「此度は、忠告いたしたき儀があり、参上つかまつった」

「私の動きは何もかも知られているようですな？」

十四郎は、烏堂の左右後方に控《おお》えている影を見た。見覚えがあった。かつて、この朝倉屋敷に忍び込み、逃げ果せた二人の柳生者に相違なかった。

影は闇《やみ》に溶け込むように気配を絶っている。

（すると、先程の気配は……）

わざと気配を立て、気付かせたのか。習練は行き届いていた。柳生の底力を垣《かい》間《ま》見たような気がした。

「うるさく動かれると困るので、見張らせておったのでござる」

お察しのこととは存ずるが、と言って烏堂は間を空け、声を潜めた。

「我らはさるお方の命で動いておる。伯父御のお立場に配慮し、もはや動かれぬが賢明でござろう」

「私にも、納得したきことがござっての。そうはいかぬのだ」

「何を、でござる？」

「大納言様は、私の知らぬ五年の内に、人が変わられた。何故変わられたのか、その訳を知りたいのだ。誰ぞの入れ知恵かもしれませぬからな」

「それだけですかな？」

「一人、人品《じんぴん》を測りたい男がおりますな」

「名は？」

「……稲葉正利《いなばまさとし》。春日局の息だ。ご存じと思うが？」

烏堂の頭が小さく縦に動いた。

「あれは分からぬ男でござる」

「…………」

「小姓組番頭に就いておる故、忠長公の身辺《しんぺん》を調べては、江戸の母者に知らせているのかと思えば、さに非《あら》ず。敵か味方か分からぬのらくら者。七光りだけで生きておる何とも詰まらぬ男でござる。疑念があれば、明日にでも藁科川《わらしながわ》に行かれるがよい。出仕せぬ日は、腑《ふ》抜けた面《つら》をして釣りをしておるわ」

藁科川は、大河安倍川に注ぎ込む最大の支流である。古来、その川中島に繁るこんもりとした森は、木枯森《こがらしのもり》と呼び習わされ、歌枕の地として著名である。東照神君家康公が駿府城に居を定めるにあたり、甚大な被害を幾度となくもたらす暴れ川であった安倍川を改修して流れを変え、藁科川と合流させるに至っていた。

「左様か……」

「槇殿」

烏堂の口許が微《かす》かに覗いた。

「過ぐる五年前、柳生の者をこの塀の外で斬られましたな」

「確かに。賊《ぞく》と思い誰何《すいか》したが、手向かいしたので斬り捨てた。そうであったな？」

影に訊いた。

影は答えず、ただ凝《じ》っとしている。

「彼の者は、七郎様ご幼少の頃には、剣のお相手も仕《つかまつ》った者にして、私の身辺の世話をしてくれている女の兄でな。以来女の心が晴れぬので、私も迷惑しておるのでござる」

「仇を討つと言われるか」

「今は時期ではないが、そのうち必ず、この両名とともにな」

「分かった。相手にとって不足はない」

二つの影が十四郎を見据えたまま後ろに下がった。

鳥堂は右の手を横に伸ばして影の動きを止めると、一言申し添えておく、と言って間合いの境に近付いた。

「忠長卿《きょう》は、何も変わられてはおられぬ。幼き頃より、将軍になるは己の筈だと思《おぼ》し召され、また周囲も秘かにそれを望んでいた。だからこそ、今のお立場を受け容《い》れられぬ。年々苛《いら》立《だ》ちを募《つの》らせられたとて、それは至極《しごく》当たり前のことだったのではないかな」

「……承《うけたまわ》った」

翌日十四郎は、蓼科川まで出向いてみた。

川の中洲《なかす》に木立が鬱蒼《うっそう》と生い茂る森があった。

ここが名にし負う木枯森か。

風の通り道になっているのか、枝の擦れ合う音が木枯《こが》らしのように聞こえて来た。十四郎はその中洲に武家の姿を見付けた。

着流しの裾《すそ》を端折《はしょ》り、釣り糸を垂れている姿は、将軍家の側近くにあって幕政の核になろうとしている稲葉正勝の弟とは、とても見えなかった。

身のこなしをそれとなく窺《うかが》った。

剣の筋があるのか否か、分からなかった。腕を見抜く目には自信があった。にも拘《かか》わらず、稲葉正利からは読み取れない。

「釣れますか」

十四郎は、声を掛けてみた。正利が驚いたように振り返り、

「本日は」と言った。「坊主です」

十四郎は腰に吊るした竹筒を振って見せた。

「肴《さかな》を貰おうかと思うたのですが、甘かったようですな」

「味噌《みそ》ならありますぞ」

釣った魚の腸《はらわた》を抜き、味噌を塗り込んで焼く。釣れない時は、握り飯に味噌を付けて食べる。味噌は川釣りの必携品だった。

「私も昼餉《ひる》にいたしますかな」

正利は川の水で手を洗うと、弁当の包みを広げた。塗りの輪っぱの上に竹の皮

で包んだ握り飯が乗っていた。

「これは参った」

正利が声を上げた。

「妻に読まれておりました」

輪っぱの中は、中央で仕切られ、豆腐を煮染めたものと味噌が入っていた。

「今日は釣れぬと踏むと、私の好物の豆腐を入れるのですよ」

どうぞ、と正利が言った。遠慮なく摘《つ》まんで下され。きれいに食べると妻が喜びますので。

「箸《はし》がなかったですな」

正利は立ち上がると枯れ枝を脇差で切り、手早く削って箸を作り、差し出した。手際がよかった。

「かたじけない」

十四郎は、豆腐に手を伸ばした。芯《しん》まで味の染みた豆腐が、口の中でほころんだ。

「料理上手なご妻女をお持ちですな」

「ありがとう存じます。槇十四郎殿に褒められたとあっては、妻も鼻が高いでしょう」

十四郎は手を止めて、正利を見詰めた。

「最初から」

「直ぐに気付きました。諸川龍斎との御前試合を拝見しておりましたので」

正利は箸を置くと、何故あって、ここまで、と訊いた。

「稲葉殿の人となりを確かめてみたかったのです」

「訳を伺いたい」

「……大納言様には長生きをしていただきたいのです」

正利は、十四郎の目を見詰めたまま頷いた。

「それで、私はどう見えました？」

「さっぱり分からぬのです」

「仇《あだ》なすように見えましたか」

見えなかった。

「我が一身を犠牲にしてお守りするようには？」

そうも見えなかった。

「一つだけ話しておきましょう。私は母とも兄とも違います。私を稲葉の家の者とは思わないでいただきたい」

「分かりました」

「食べませぬか。残すと妻に叱《しか》られますので」

十四郎に箸を勧め、笑って見せた正利の顔が、微かに曇った。

「いかがなされた？」

「猿です」

と正利が、対岸を指さした。

三匹の猿が、こちらを見ていた。

「何やら猿が増えたような気がするのですが……」

気付かなかった。

「山が騒々《そうぞう》しくなっています」

正利は、小石を拾うと猿に投げ付けた。猿は躱そうともせず、凝っと正利を睨み返した。

# 第六章　駿州小坂《おさか》・安養寺《あんようじ》

一

六月上旬のことである。忠長卿領民の内で初めて猿《ましら》による襲撃を受けた者が出た。

安倍川の西、小坂《おさか》の百姓《ひやくしよう》が襲われ、咽喉《のど》を食い破られたのである。

二人目の犠牲者は、小坂に隣接する石部《せきべ》の猟師で、その三日後のことだった。力自慢の若者であったが、同じく咽喉を咬《か》まれて事切れていた。

次に襲われたのは、赤子を連れた若い夫婦ものだった。

畑の畦《くろ》に赤子を入れた籠《かご》を置き、畑の草毟《くさむし》りをしているところを猿の一群に襲われ、赤子は半《なか》ばを食われ、母親と父親も骨が出る程に肉を裂かれ、息絶《た》えた。

やはり小坂の百姓だった。

そうして六月の末までに、小坂の安養寺《あんようじ》周辺で十二名の犠牲者が出たのだった。

百姓の訴えに、駿府町奉行所が重い腰を上げた。与力《よりき》と同心《どうしん》が捕り方八名を連れて安倍川を越え、満願寺《まんがんじ》、日枝《ひえ》神社、安養寺と寺社が並ぶ殺生《せっしょう》厳禁の山に入ったのは、朝五ツ（午前八時）だった。

猿は山王《さんのう》神社や浅間神社の神獣である。殺すことは禁忌《きんき》であった。殺すのではなく、脅《おど》し、里に下りて来ないようにしようとの目論見《もくろみ》で、貝鉦《かいがね》や太鼓を携《たずさ》えての山行だった。

与力ら一行は、八ツ半（午後三時）を過ぎても戻らなかった。七ツ半（午後五時）まで待って、探索の組が慌《あわただ》しく送り込まれた。安養寺山の麓《ふもと》で見付けたのは、猿の群れに襲われて全滅した先発組であった。

にわかに駿府の町が騒がしくなった。川を越え、押し寄せて来たとしても、相手が猿では道理を説《と》いても通じない。

徒組《かちぐみ》から徒頭《かちがしら》一名、組頭二名、徒二十名が出、それに駿府町奉行所の役人二十名が加わり、総勢四十三名の討伐隊が組まれ、山に入った。

だが、猿の群れに背後から襲われ、六名の犠牲者を出して逃げ帰って来た。

「巻狩りだ。一網打尽《いちもうだじん》にしてくれるわ」

激高する忠長を井関美作守が煽《あお》った。

「領民を救うてこその御領主、名君たるお方の誉《ほま》れでございます。天晴《あっぱれ》なる御決断、頼母、感服《かんぷく》いたしましてございます」

逆に翻意《ほんい》を迫ったのは、朝倉、鳥居《とりい》の両附家老《つけがろう》だった。

「猿は神獣にござりまする。殺さずに追い払うが賢明かと心得まする。況《ま》してや大納言様御自ら采配《さいはい》を振るわれるのには、同意しかねまする。駿府町奉行所の番方は、このような時にお役を務めるものではございませぬか」

十四郎も、城外に出ては万全の警護が出来ぬからと、忠長に猿狩りを思い留まらせるよう朝倉宣正を通して強く懇願した。忠長を狙《ねら》っている七星剣の中には、《猿》の二つ名を持つ者がいる。その者の技がどのようなものであるかまでは分からなかったが、城を出て猿狩りをするのは、猿が絡《から》むだけに、避けたかった。

しかし――。

「人を殺した猿が、何故神獣であるのか」

諫言《かんげん》に耳を貸す忠長ではなかった。

忠長は、鞠子《まりこ》、大和田《おおわだ》、小坂、石部一帯の集落に勢子《せこ》働《ばたら》きを命ずるとともに、山に詳しい者を召《め》し出した。

鞠子宿の西、赤目《あかめ》ヶ谷《がだに》に棲《す》む猟師・矢熊《やぐま》と集落の長が白砂に控えた。

「其の方、猿に詳しいそうだの」

「はは」

矢熊が額《ひたい》を白砂に押し付けた。

猿は凶暴な獣《けもの》であるのか、と忠長は訊《き》いた。

「あれはおとなしい生き物でございます」

「では、何故人を襲うた？」

「それが分かりませんのでございます」

矢熊は白砂に指で数本の線を引いた。

「川でございます。水場に苦労いたしません。食べ物も豊かでございます。荒れる訳がないのでございます」

「ところが、荒れ狂っておる」

「左様でございます」

「余としては、神獣を殺すに忍びないが、ここは領民のことを思えば止《や》むなしと考えを改めた。矢熊、其の方の力を貸してくれい」

「勿体《もったい》ないお言葉にございます」

矢熊の額が白砂に埋まった。

「そこでだ。猿を捕らえるにはどうすればよいのだ?」

忠長は、鹿《しか》、猪、兎《うさぎ》などを例に出し、尋ねた。

「狩り方は、同じでよいのか」

「猿は小利口でございます。一筋縄では参りませぬ。ではございますが、他の獣より頭がよい分、諦《あきら》めることを知っております。そこを攻めるのでございます」

矢熊は膝立《ひざだ》ちすると、白砂に図を描き始めた。

二

清水湊に程近い禅林寺の寺領の外れを、三つの影が歩いている。柳生七星剣のうち、大辻陣内と氷室右近、左近の兄弟だった。

三人は風雅《ふうが》な屋敷に入って行った。

「揃《そろ》うたな」

陣内らが座るのを待って、両角烏堂が口を開いた。

「明後日、大納言様は安倍川の西、小坂の安養寺裏山にて巻狩りを行なわれる」

各集落に触れを出し、集められる限りの勢子を集め、猿を皆殺しにするのだそうだ。その混乱に紛《まぎ》れ、と烏堂は言った。

「大納言様のお命を貰《もら》い受ける」

「警護は、どうなっておるか、分かりましょうや」

岩瀬又十郎が訊いた。

「小姓組番と書院番の者で固めるであろう。小姓組番頭と組頭に組番の者を加えると総勢約二十名。書院番も同数だとすると、ほぼ四十名という数字になる。これらの者で、安養寺に設けられた陣を守ろうとするのであろうな」

「一人頭七、八人斬《き》ってもよい計算になりまするが」

大辻陣内だった。

「数など決めず、手当たり次第斬りまくれ。どのみち我らを見た者は、殺さねばならぬのだ」

「心得ました」

陣内が下がった。

烏堂が申伍を呼んだ。申伍が前に進み出た。

「当日、猿をどのように動かすか、皆に話すがよい」

十四郎と水木は、駿府城三の丸にある附家老朝倉屋敷の道場にいた。

道場は回遊式庭園の隅に建てられており、稽古《けいこ》が始まると、音に驚くのか、池の鯉《こい》が跳ね飛び、水面《みなも》を叩《たた》いた。

十四郎が、稽古の最中に何度跳ねたか、尋ねた。

「此度《こたび》は、二度でした」

「よう聞き分けられましたな」

「はい」

「続けますか」

二人は、十四郎手作りの蟇肌竹刀《ひきはだしない》を手に取った。

竹刀《しない》が小気味《こきみ》のよい音を立てて、双方の小手を、胴を、面を打った。

二人の額に玉の汗が浮かび、顎《あご》へと流れた。

稽古着は既に水に浸《ひた》したように濡《ぬ》れている。

四半刻《しはんとき》（約三十分）打ち合い、短い休みを取った。息を整えていると、

「見ていただきたい技があります」

手拭《てぬぐい》で汗を拭《ふ》き終えた水木が言った。

「もし十四郎様から一本取れましたら、工夫の甲斐《かい》があったというものなのですが」

「拝見しよう」

「では」

手拭を置くと、二人は左右に散った。

水木のくっきりとした黒い瞳《ひとみ》に、十四郎が映っている。

十四郎は腰を割り、居合腰《いあいごし》になった。

水木の足が十四郎の間合いに飛び込んだ。間髪《かんはつ》を容《い》れず、十四郎の竹刀が腰間《ようかん》から滑り出た。

水木の身体が宙に浮いた。高い。十四郎の頭上を軽々と越え、越えたところでぐるりと前方に回転し、竹刀を送り出して来た。竹刀の切っ先が、十四郎の肩先を掠《かす》めた。

床に下りた水木が、透かさず止《とど》めの一撃を放とうとした。その瞬間を狙い、十四郎が振り向き様に竹刀を横に払った。水木は上体を反《そ》らせて躱すと、その体勢から竹刀を振るった。上体を反らせた分だけ、十四郎が小太刀《こだち》の間合いから外れていた。水木が一歩を踏み出した。そこを十四郎の竹刀が捕らえた。水木の手から竹刀が飛んだ。

「惜しい」

十四郎は思わず叫んでいた。

「松倉作左衛門の技と、鍛練で得た技を合わせたのですな」

「もう少しでした」

水木が頷《うなず》きながら、吐き出すように言った。

「寸で躱《かわ》す技を身に付けておれば、水木殿が勝っていた」

「そうでしょうか」

水木の瞳が輝いた。十四郎の目に、上気した頬《ほお》がまぶしかった。

「よいものを見せていただいたお礼に、寸の見切りを伝授いたしましょう」

十四郎は、稽古着の襟に手を掛け、左右に開いた。

「斬られるやもしれませぬぞ。このように」

胸を一文字に横切る古い傷痕《きずあと》があった。父・貫一郎との修練の痕だった。父の剣の切っ先を我が身に受けることで、寸の見切りを会得《えとく》しようとしたのである。

水木が膝に手を当てた。

「是非にも」

腕を伸ばした水木が、懐紙《かいし》を一枚指先に摘《つ》まんでいる。

一足一刀の間合いに立った十四郎が、一歩踏み込んで太刀を閃《ひらめ》かせた。指先五寸のところで切られた懐紙が、はらりと舞った。

次いで十四郎は、残った懐紙を水木の唇に銜《くわ》えさせた。

「参りますぞ」

水木が目だけで頷いた。

再び剣が翻《ひるがえ》った。唇から一寸のところで、懐紙が二つに分かれて散った。

水木の瞼《まぶた》は閉じようともせず、すべてを見ていた。

「今一度、試してみますか」

「お願いいたします」

十四郎は懐紙の切れ端を拾うと、水木に渡した。

水木の細い指が、切れ端を唇に運んでいる。

脂気《あぶらけ》の抜けた、乾いた唇が紙を挟んだ。

二つ呼吸を空けた後、十四郎の剣が鞘走《さやばし》り、逆袈裟《ぎやくけさ》に切れ端を切り裂いた。

「間合いがお分かりか」

「心に刻みました」

「先《ま》ず竹刀で立ち合うてみましょう」

十四郎は剣を鞘に納め、竹刀を手に取った。

「よいですな、激しい動きの中でも寸で躱すのですぞ」

半刻が経ち、一刻が過ぎ、一刻半（約三時間）になった。

「参る」

十四郎が止《や》めると言わない以上、教えを受ける水木の口から止めたいとは言えなかった。

水木の疲労は極限に達していた。

あまりの軽さに頼りなく思っていた竹刀が、今は重く感じられた。

水木の竹刀が虚空《こくう》に流れた。その隙《すき》を狙っていたかのように十四郎の竹刀が襲い掛かって来た。

間合いのうちにいた身体を僅《わず》かに引いた。竹刀が唸《うな》りを上げて、胸許《むなもと》に飛び込んで来た。

切っ先が見えた。水木の目に、切っ先が黒い一条の筋となって通り過ぎていくのがはっきりと見えた。十四郎の竹刀が脇に流れた。踏み込んで放った水木の竹刀が、十四郎の胴を捕らえた。

「見事」

水木が、肩で息をしながらその場に座り込んだ。十四郎を見上げた瞳が輝いている。思わず手を差し伸べようとした時、小頭《こがしら》の一人兵衛が道場に入って来た。

「ご鍛練中のところ、申し訳ございません。頭領にご報告があり、急ぎ参じました」

「すぐに参る」

水木は飛び立つようにして立ち上がるや、兵衛に続いて道場を出て行った。

十四郎は、水木に伸ばし掛けた指のやり場に戸惑《とまど》っていた。

三

澄んだ夜空だった。

夥《おびただ》しい数の星が、葉叢《はむら》の間から覗《のぞ》いている。

篝火《かがりび》が、鬱蒼《うっそう》と繁《しげ》る木立《こだち》を闇《やみ》の中から炙《あぶ》り出した。燃え尽きた薪《まき》が崩れ、篝火から火の粉《こ》が舞い上がった。火の粉は蛍《ほたる》のように宙を漂い、闇に呑まれた。

八ツ半（午前三時）を過ぎて、半刻近くが経っていた。そろそろ暁七ツ（午前四時）の鐘が鳴る頃合いだった。

巻狩りは、暁七ツの鐘を合図に行われることになっていた。

「まだか」

忠長が焦《じ》れている。

安養寺山の深い闇の奥から鐘が聞こえて来た。と同時に、法螺貝《ほらがい》が吹かれ、鉦《かね》と太鼓が打ち鳴らされ、それらに混ざり、各所に配された勢子が声を張り上げた。幾重《いくえ》にも重なったそれらの音が、津波のように山々を谺《こだま》した。

「始まったぞ。油断めさるな」

十四郎が水木と松倉小左郎に言った。

小左郎は金沢から江戸を経由して、昨日着いたばかりだった。傷が癒《い》えたら、出羽の沢庵の許へ行くように言っておいたのだが、十四郎の跡を追って来てしまったのだった。

――序《つい》でに腕を貸してくれ。

十四郎らは、朝倉宣正に頼み、忠長の近くに配して貰っていた。

「何か起こるとすれば、これからだ。巻狩りの騒ぎに紛れ、大納言様のお命を狙おうとするに相違ない」

夜中に駿府の城を出、星と松明《たいまつ》と篝火の明かりを頼りに安倍川を渡り、安養寺に狩りの陣を張った。その間、襲われるような気配はまったくなかった。

木立の奥が騒がしくなった。

眠りを妨《さまた》げられた野鳥が、けたたましい叫びを上げて夜空を舞い、鹿が、猪が、野犬が人気《ひとけ》のない方へと逃げて行く。

猟師矢熊の言を用いた策だった。

猿は目覚めると水を飲みに行く。水を得た猿は、にわかに活気付く。

――ですから、猿を捕らえるには、起き出す前に襲わなければならないのでございます。

猿を貝鉦や太鼓で脅し、水場から遠ざける。逃げ惑い、咽喉に渇きを覚えた猿は、見る間に戦意をなくし、逃げるのを止める。

――奴らは観念すると、頭だけ木の洞《うろ》に突っ込んだりして震えておるのでございます。

そこを、と言って矢熊は、棍棒《こんぼう》で叩く真似《まね》をした。

猿狩りは、川辺に見張りを立てるところから始まった。


近くで猿が啼いた。

十四郎は目を凝らして闇を窺《うかが》った。

木立のあちこちに黒い塊《かたまり》がいた。塊が枝から枝に飛び移った。

動きに意図があった。

何かを狙っている。

（ただの猿か、それとも……）

七星剣に操られているのであれば、ぐるりを取り囲んでいる千蔵と兵衛が率いる細作《さいさく》組の網に掛かる筈だった。

しかし、細作組と争う気配は一向にない。

（どういうことだ……）

分からなかったが、危機が迫っているとしか思えなかった。

「来たぞ」

十四郎が二人に声を掛けた。勘だった。

声を掛け終えるより早く、枝が鳴り、幾つもの塊が警護の小姓組番や書院番の頭に降り注いだ。

悲鳴が起こり、警護の形が崩れた。一際大きな塊が、間隙《かんげき》を縫い、矢のように走り込んで来た。十四郎の足が地を蹴《け》った。塊と並んだ。篝火の煌《きら》めきを孕《はら》んだ一剣を、塊に浴びせた。塊はふわりと躱すと宙に飛んだ。入れ替わりに、小さな塊が飛び掛かって来た。塊の口が赤く開き、牙《きば》が覗いた。牙に太刀を叩き付けた。頭の上半分が飛んだ。

「脇差だ。脇差で叩《たた》っ斬れ」

十四郎の声に我に返った警護の者が猿と戦い始めた。小姓組番頭の稲葉正利も、その中にいた。猿の動きは速い。太刀を振り回していたのでは、後手に回るだけでなく、味方を傷付けてしまう。猿の数が減り始めた時、鋭い指笛が鳴った。

猿が木立の中に退《しりぞ》いた。

十四郎は辺りを見回した。目を遣られた者や、頭から夥しい血を流している者が、そこかしこに転がっていた。

傷を負った者を起こし、傷口に布を当て、細布でさらに巻く。手際よく手当をしている者どもがいた。千蔵と兵衛と彼らの率いる細作組だった。

「申し訳ございませぬ」千蔵が十四郎に駆け寄った。「裏をかかれ、潜り込まれてしまいました」

「これ以降は、輪を縮めて大納言様をお守りしてくれ」

「心得ました」

千蔵が配下の者を呼び寄せ、命じている。

「猿を操る者がおりますな」

兵衛が言った。

「あの大きな影が其奴《そやつ》でしょうか」

千蔵が加わった。

「見ておったか」

「確《しか》と。動きの速さは、我らの比ではございませぬ」

「うろたえることはない。所詮《しょせん》は人だ」

十四郎は無傷の者を集めると、二人が背中合わせになって戦うよう指示した。

背後からの攻めを封じたのである。そして、火である。

「薪を惜しむな」

夜を焦がし、炎が激しく立ち上がった。

「奴らに時はない。もう一度、必ず来る。それも直ぐにだ」

忠長の周囲に彼ら警護の者と水木と小左郎を配し、己と千蔵と兵衛は闇と向かい合った。細作組は樹間に散った。

不意に、頭上の星が消えた。

否《いな》、消えたのではなかった。猿の身体に隠れたのだ。

木立を飛び越え、猿の群れが一斉に襲い掛かって来たのだった。

「突けい」

十四郎が宙を指した。太刀が林のように突き立てられた。落ちて来る猿に避《よ》け
る場所はない。

あちこちで串刺《くしざ》しにされた猿が絶叫を放った。

「まだまだ来るぞ」

地を滑り来る猿の首を、二つ続けて斬った。首をなくしたまま数歩駆けてか
ら、翻筋斗《もんどり》打って倒れている。

死んだ猿の脇を、大きな影が走り抜けた。

(奴だ)

「行ったぞ」

大きな影は一つではなかった。各所から走り込んで来ていた。柳生の忍びに相違なかった。

斜め後方に跳び、影の一人を斬り伏せた。影の後から、太刀を下げた二つの影が現われた。執拗《しつよう》に十四郎に絡み、纏《まと》い付くように剣を振るって来る。

「そなたらか」

朝倉屋敷の外で斬り捨てた賊の残りの二人だった。

「来い」

身構える振りをして、十四郎は我から双方の間合いに飛び込んだ。慌てた二人の呼吸が乱れた。十四郎の剣が伸び、閃き、一方の胴と他方の首筋を捕らえた。血振《ちぶ》りをくれると十四郎は、素早く辺りを見回した。四囲《しい》から五つの影が、取り囲むように現われ出ていた。中に両角烏堂がいた。

先に行き過ぎた影との乱戦が始まった。水木が、小左郎が、千蔵が、兵衛が、入り乱れて剣を打ち合わせている。

影の一つが警護の一人の腰に組み付いた。袴《はかま》の裾を掴《つか》み、手前に引きながら押している。踏ん張りをなくした警護の者は、赤錆色《あかさびいろ》の鞘の先から藪《やぶ》の中に押し倒された。

(誰か……)

助けを差し向けようとしたが、余裕のある者は見当たらなかった。

稲葉正利は影と斬り結んでいた。腰が入っている。無類の強さはないが、無難には戦うだろう。

正利を打ち捨て、警護の者が消えた藪を見た。枝葉に揺れがない。

(殺《や》られたか)

一対一では勝ち目はなかった。

烏堂が影の脇を擦り抜けた。前に立ちはだかったのは、兵衛だった。

(止めろ。其奴に構うな)

十四郎に叫ぶゆとりはなかった。斬り掛かって来た細作を、呼吸一つの間もなく斬って捨てた影が、目の前にいた。腕からして七星剣の一人と思われた。呼気の乱れを衝《つ》かれれば、太刀を躱せる保証はなかった。

「陣内」と烏堂が、声を上げた。「十四郎の素っ首を叩っ斬って見せい」

陣内と呼ばれた男が、唇の端を吊《つ》り上げた。

その瞬間、太刀が鋭い刃風を伴って袈裟に振り下ろされた。

寸で躱して懐《ふところ》に飛び込もうとした十四郎の右の腕を、陣内の足が蹴った。

陣内の間合いのうちにいながら、十四郎の太刀はまだ鞘の中にある。

「覚悟！」

陣内が逆袈裟に斬り上げた。一剣は過《あやま》たず、十四郎の心の臓を斬り裂く筈だった。陣内の頬《ほお》を笑みが奔《はし》り抜け、歪《ゆが》み、凍った。剣は空《くう》を斬っていた。

（しまった）

呟《つぶや》くより先に、足首にひどい痛みを覚えた。

足首が、血の筋を引いて飛んだ。

斬られた、と思った時には、胴を深く抉《えぐ》られていた。

陣内は顔から地に崩れた。

痛みは感じなかった。いつか、こうして死ぬのだ、と思っていた。その日が来たのだ、と思った。

傾《かし》いだ風景の中を、立ち上がろうとしている十四郎がいた。十四郎は血振りをくれると一歩、二歩と陣内から離れ、くるりと向きを変えた。

（この儂を斬った男だ）

　そこで、陣内は息絶えた。

「馬鹿めが」

舌打ちをした烏堂の顔面に、兵衛の剣が振り下ろされた。

烏堂は難無く躱すと、軽く剣を掬《すく》い上げた。

飛び退《の》いた兵衛の手首から、血飛沫《ちしぶき》が上がっている。

「離れろ」

十四郎の声が届く前に、十分に踏み込んだ烏堂の一剣が、兵衛の頸部《けいぶ》に打ち込まれていた。

「小頭」

二人の細作が烏堂に斬り掛かった。

一合も打ち合わすことなく、二人の細作は地に這《は》った。

並の腕ではなかった。切っ先三寸（約九センチメートル）を汚しただけで、三人を倒している。

（強い。強過ぎる）

十四郎の背に、悪寒《おかん》が奔った。

腕を思い切り振ると、まだ矢傷が引き攣《つ》った。

とは言え、生半可《なまなか》な打ち込みで倒せる相手ではなかった。小左郎は、渾身《こんしん》の力を込めて小太刀を振るった。

忍び相手に剣を交《まじ》えるのは初めてだった。

勝手が違った。

矢鱈《やたら》に動く。動きを読めれば、難しい相手ではなかったが、動きはそれぞれに違った。

誘いを掛けた。小太刀を脇に引いた。

忍びが正面から太刀を繰り出して来た。

(乗ってきた)

もう一太刀、続けてもう一太刀。思う存分太刀を使わせて、小左郎は相手の懐に飛び込んだ。

頽《くずお》れた忍びの陰から、眼光《がんこう》の鋭い男が斬り掛かって来た。

「よい腕だ。褒《ほ》めてくれるわ」

男の剣が頭上に高々と上がり、ぴたりと止まった。
七星剣の一人・岩瀬又十郎が得意とする上段からの打ち下ろしだった。
数匹の猿に集《たか》られた細作が、枝を踏み外し、地面に叩き付けられた。
申伍の指笛が短く鳴った。
次の獲物目指して猿が枝から枝へと飛び移った。
申伍は枝に足を掛けると、半弓に矢を番《つが》え、弦《つる》を引き絞った。
警護の者が渦《うず》のように回りながら、中心にいる忠長を守っている。
中心を射抜くのは訳もないことだった。
矢が放たれた。
黒く塗られた《烏《からす》》と呼ばれる毒矢が、僅かに円弧を描いて飛んだ。
小姓組頭の工藤外記《くどうげき》が矢に気付いた時には、矢は目前に迫っていた。
（矢にございます。殿、矢が……）
知らせなければ、と思いはするが、声が出なかった。
ただ口を開け、あわあわと指さすことが出来得《う》るすべてだった。
（間に合わぬ）

外記が目を閉じた時、何かがふわっと舞い上がり、矢を叩き落とした。

凜然《りんぜん》と立ったその姿に外記は瞠目《どうもく》した。水木であった。

――あれが、警護だと？

鼻で笑った者が、水際立った動きを見せたことに、外記は言い知れぬ感動を覚えた。

（儂も、殿の御為に）

渦を離れ、一歩踏み出した。

――切羽詰《せっぱつ》まった時には、構えなどどうでもよい。刀を叩き付けろ。

猿狩りに出る前に、十四郎から教えられたことだった。

外記は、前方六間（約十メートル）のところに敵を見付けた。浪人風体《ふうてい》の敵は、大上段に剣を振り被り、味方と対峙《たいじ》していた。

味方の小太刀の遣い手が斬り込めずにいることは、直ぐに見て取れた。

走った。六間が五間になり、五間が四間に、三間に、二間になった。

「御助勢……」

声になったのは、そこまでだった。

浪人風体の者が、振り向くと同時に剣を翻したのだ。肺腑《はいふ》を両断された外記の口から血潮が溢《あふ》れた。

体勢を崩した敵に、斬り込めずにいた味方が小太刀を振るい、斬り掛かっている。

（お役に立てた……）

外記は、自らの血潮に横顔を埋め、目を閉じた。


刃風が頬を掠めた。

皮膚が裂け、血が流れている。

足をにじり、間合いを空けた。空いた間合いに、烏堂が踏み込んで来た。

十四郎は更に一歩下がると見せて、逆に踏み込んだ。

間合いが消えた。

十四郎の太刀が鞘から滑り出た。

一条の光となって、烏堂の胸許を抉った。

寸で躱した烏堂が、太刀を振り下ろした。十四郎は右に飛んで躱し、二の太刀を烏堂の小手に放った。

その小手を狙って、烏堂の太刀がするすると伸びた。切っ先が十四郎の手の甲を掠めた。甲に赤く細い筋が生まれ、所々に丸い血玉が浮いた。血玉は隣の血玉と結び付き、筋から離れ、流れて落ちた。

「十四郎殿、そなたは三つの間違いを犯した」

烏堂の剣が閃いた。

「一つは、七郎殿と立ち合うたこと」

剣は獰猛《どうもう》な獣のように獲物を狙って動いた。

「二つは、駿府に舞い戻ったこと」

獣は牙を剝《む》き、飛び掛かり、吼《ほ》えた。

「三つは、こともあろうに我らに逆ろうたこと」

烏堂の太刀が、十四郎の太刀を捕らえた。鋭く高い音を残して、十四郎の太刀が中程から折れて、飛んだ。

「その腕で、よう龍斎に勝ったものよ」

「六星剣になって寂しかろう」

「……知っておったのか」

「片山伯耆流から柳生新陰とは、忙しい男であったな」

「冥土《めいど》に行けけい」

烏堂が太刀を振り下ろした。

風を切る音が聞こえた。

何か重いものが飛んで来る音だった。

十四郎には、それを見分ける余裕も暇《いとま》もなかった。

烏堂の剣が、間近に迫っていた。

脇差を抜き、一撃を迎え撃とうと身構えた。

烏堂もまた、音を聞いた。

何だ？　何かが来る。

構わず、剣を振り下ろした。

その瞬間、黒く、厚ぼったい風が唸りを上げて烏堂の剣に打ち当たった。火花が散った。

剣が根元から折れ、宙を舞った。

鉈《なた》だった。

鉈は烏堂の剣を圧《へ》し折ると、柳生の忍びの背骨を砕いて止まった。

「何奴だ？」

鳥堂が、叫んだ。

灌木《かんぼく》の中から男が現われた。手に肉厚の山刀を持ち、腰から木を張り合わせて作った箱状の鞘を下げていた。男が着ている刺し子に見覚えがあった。

「久兵衛殿ではないか」

鳥坂の妙立寺で会った山の者に相違なかった。

「何を騒いでおるのだ。静かに寝かせてくれぬか」

久兵衛は、辺りを凝《じ》っと見回すと、右手をくいっと引いた。

鉈が生き物のように飛び上がり、久兵衛の掌に戻った。細い紐《ひも》が結わえ付けられていたのだった。

「おのれ」

鳥堂が地を蹴り、久兵衛に挑み掛かろうとして、はたと足を止めた。

異変を察知し、勢子を指揮していた城兵が駆け付けて来たのだった。足音が近い。

「引け」

鳥堂は叫ぶと、四つの影と数多《あまた》の忍びが姿を晦《くら》ますのを見届けて、己も去った。

「危ういところを……」

久兵衛は、礼の言葉を口にしようとする十四郎を制すると、

「山が静かになれば、それでよい」

溶けるように藪の中に消えた。

四

巻狩りは続けられていた。

途中で中止しては、威信に関わるというのが、最大の理由だった。

大納言様を狙う者どもは、もう襲うては来ぬであろう、という十四郎の推測も、猿狩り続行を後押ししたとも言えた。

骸《むくろ》となった者と手傷を負うた者は、勢子らの目に付かぬように、速《すみ》やかに安養寺から運び去られ、血潮に濡れた場所には猿の骸《むくろ》が並べられた。その数は、一千二百匹に及んだ。

領民の歓声に包まれて、一行が安倍川の畔《ほとり》に着いた時には、昼四ツ（午前十時）を回っていた。

河原にも領民は押し掛けた。

これで安堵《あんど》して畑に行けるし、山にも入れるのだ。

殺生を禁じられていた猿を退治してくれた領主・忠長の姿を一目見ようと、河原を埋め尽くす人数となっていた。

「万一のことがあるといけませぬ。警戒を怠《おこた》らぬように」

十四郎は、忠長の近くにいる小姓組番頭の稲葉正利に小声で告げた。

「心得ております」

正利は答えると、領民に目を遣った。

「すごい人数ですな。賊が紛れ込んでおったとしても、分かりませぬな」

城勤めの役人に任せておくのは、危うかった。

水木と細作の者どもに、もそっと領民の近くに立って見張るよう指示しようとして、十四郎は辺りを見回した。

領民がおり、城兵がおり、家臣を引き連れた重職者の塊が幾つもあり、その中心に忠長がいた。忠長の周囲では、小姓組と書院番が四方に目を光らせている。

小姓組の一人が安倍川を指さした。

何やら黒いものが流れて来ていた。

流木《りゆうぼく》だった。
朽《く》ちるか、雷に打たれるかして倒れ、流れて来たのだろう。
十四郎は流木を視野から打ち捨てると、再び水木を探した。
いない。
どこにいるのだ。
瞬時、泡立とうとする心を抑えようとした時、
（…………）
十四郎の心に、何かが触れた。
何だ？
違和感のようなものが、確かにあった。
それがどこから来るのかが、分からない。
向きを戻した。
（忠長卿がおり、見張りをしている小姓衆がおり、書院番がいる……）
唇を噛《か》んだ。
血の味がするまで噛んだ。
「いかがなされました？」

いつの間にか、水木が傍《かたわ》らに立っていた。安堵する思いを呑み込み、言った。

「分からぬ。が、何かが起ころうとしている」

十四郎は前方を見据えたまま話した。

水木も声をなくし、十四郎の視線を追った。

小姓衆の一人が、妙にゆったりと歩を進めているのが目に入った。

他にも動いている者はたくさんいたが、その小姓の動きだけが、四囲の者とは違って見えた。浮いているように、地に足が着いていないのだ。

小姓は赤錆色の鞘に手を添えると、真っ直ぐ大納言忠長に向かって歩み寄っている。その鞘には、見覚えがあった。影に組み付かれ、藪に押し倒されていた。

「奴だ」

あの組み打ちに勝ったのか。

そうであってほしかったが、そうは思えなかった。

（では、どうしてここにいるのか……）

相手を忘我《ぼうが》のうちに誘い込み、秘かに指示を与える。目覚めた後、当人の意志に関わりなく、与えた指示を実行させる。そのようにして人心を操る術《すべ》がある、と聞いたことがあった。

（あれか！）

思い当たった時には、走り出していた。

水木が並んで走っている。

「どうなされました？」

「彼奴《あやつ》だ」

十四郎が小姓を指さしながら叫んだ。

「催眠の術だ。誰ぞに操られておるのだ」

「何と！」

水木の背が前方に飛び出し、見る間に遠退《とおの》いた。

（間に合うか）

小姓が忠長の背後に回り込んでいる。

叫んだ。十四郎の叫びを切れ切れに聞いた者は数多くいたが、それを直ちに忠長と結び付けたのは、稲葉正利だけだった。

振り返った。

小姓衆の一人・小浜七之助《こはましちのすけ》が、忠長の背後に立ち、柄《つか》に手を掛けようとしていた。

「血迷うたか」

即座に駆け寄った正利の一刀が、七之助の剣を跳ね上げた。正利は己が身体を忠長の前に捩込《ねじこ》み、七之助と対峙した。

七之助の目に生気《せいき》がなかった。ただぼんやりと忠長に視線を向けているだけだった。いつもの七之助ではない。

「七之助、どうしたのだ？」

七之助の剣が振り下ろされた。

「斬れ」

忠長が叫んだ。

「乱心者に用はない。斬り捨てい」

なおも斬り掛かって来た七之助の手首を、正利の剣が捕らえた。

七之助の太刀が落ちた。

「まさか其の方に二心《ふたごころ》を抱かれようとは、思うてもみなんだわ」

忠長の太刀が、七之助の顔面に飛んだ。血が棒のように噴き、忠長の顔を、狩り装束《しょうぞく》を点々と赤く染めた。

そこに至り、七之助は長い空白から醒《さ》めた。

（何が、どうなっているのだ？）

口にしたくとも、口の中は血で溢れていた。

「殿」

叫んだつもりだったが、血を吐いただけだった。

七之助は鬼人の形相《ぎょうそう》をした忠長から逃げようとした。取り敢《あ》えず逃げ、己の身が潔白《けっぱく》であることを申し上げなければ……。

その暇は、なかった。忠長の太刀が七之助の胸を、肩を裂いた。

意識が消えかけた。

忠長の太刀が咽喉を貫いた。

七之助は背から水の流れに落ちた。

水が耳を洗っている。音が切れ切れに届いて来た。

（何の音だ？）

それが領民どもの上げた悲鳴だと気付いた時には、何も聞こえなくなっていた。

# 第七章　駿州江尻《えじり》・御浜御殿《おはまごてん》

## 一

　猿狩りの日から十日が経《た》った。

「何としても、刺客《しかく》の正体を突き止めい」

　忠長の命《めい》を受け、目付《めつけ》が総動員され、七星剣や柳生の忍びの遺骸《いがい》が詳しく調べられたが、簡単に素性《すじょう》が割れるような手掛かりを残している筈《はず》もなかった。

　ただ、小姓小浜七之助の腹帯から、丁寧《ていねい》に畳まれた五三の桐《きり》の紋所《もんどころ》を染《そ》め抜いた布が出てきたことから、豊臣の残党の仕業《しわざ》という見方が強く推《お》されていた。

　小賢《こざか》しい細工だったが、十四郎が柳生の名を出さぬと踏んでの賭《か》けだったのだろう。柳生の名を出せば、忠長を葬《ほうむ》らんとして将軍家が柳生を動かしていることが表沙汰《おもてざた》になる。それは土井利勝の好むところではない、と読んだのだ。

それから更に三日後の夜、家老・井関美作守頼母の屋敷で惨劇が起こった。

頼母以下井関家の主立《おもだ》った者十五名が、悉《ことごと》く腹を斬《き》って果てたのである。

「何故に……」

遺《のこ》された者たちは一様に、その理由を問うたが、思い当たることは何もなかった。次いで、彼らの念頭を占《し》めたのは家の存続問題だった。

「我らは、一体どうなるのだ……」

井関の家が取り潰《つぶ》しになれば、浪々の身になるしかない。

大番頭《おおばんがしら》・柿田治兵衛《かきたじへえ》も、そう考えた一人だった。

(何とか、ならぬのか)

主《あるじ》・美作守頼母に実子はなく、養継嗣《ようけいし》もまだ決めていなかった。

(御家《おいえ》の存続は、無理か……)

治兵衛は、改めて遺された家士《かし》の顔触《かおぶ》れを見た。頭《かしら》と名の付く要職の者、奉行と呼ばれる者、筆頭用人を含む用人たちの殆《ほとん》どが果てていた。自身を含め、遺された者たちの中に、十五名の死を取り繕《つくろ》う才覚のある者がいるとは思えなかった。

（腹を括《くく》るしかあるまい……）

治兵衛は遺された家士を集め、協議した結果を奥に伝え、奥の意向と照らし合わせた上で、城に人を走らせた。たちまち早朝の城下は、駆け付けた役人衆で騒然となった。

朝倉の家にも、直《す》ぐに一報が届いた。

「ここにおっては何も分からぬ。美作の屋敷まで参るが、いかがなさる？」

「願ってもないこと」

十四郎は宣正の行に従った。

頼母の屋敷の前は、目付を始めとする役人で溢《あふ》れていた。

「まだ、遺骸は動かしておりませぬ」

役人の案内で宣正と十四郎は屋敷に上がった。襖《ふすま》や障子《しょうじ》に破れはなかった。

廊下を歩いている分には、平穏な武家屋敷と何ら変わりはなかった。ところが、大広間に一歩足を踏み入れると、様相は一変した。

井関頼母ら十五名の流した血が、大広間のそこかしこを朱に染めていたのである。

十四郎は目付の許しを得ると、血溜《ちだ》まりを避けながら、背を丸め、腹を抱えるようにして事切れている遺骸を起こして、傷口を調べた。傷口と差料《さしりよう》に狂いはなかった。確かに、自身の差料で、それぞれの者が果てていた。

八人目の遺骸を調べていた時だった。鬢《びん》にごみが付いているのかと思い、払おうとして、それが粘土《ねんど》であることに気付いた。

「美作殿の」と十四郎は、宣正に言った。「寝所を見たいのですが」

「寝所を……」

宣正は怪訝《けげん》な表情を浮かべたが、直ぐに目付を呼んで十四郎の意向を伝えた。

目付の反応も宣正と同じだった。しかし、附家老《つけがろう》の宣正が間に立っている以上、何故にとは問えなかった。目付は井関家の家士を伴って来ると、十四郎の案内に立てた。

大広間から更に奥へ進んだ。廊下を二つ曲がった先に、井関頼母の寝所があった。

「そこで待っていてはくれぬか」

十四郎は家士に言い置くと、襖を丹念に見て回った。

上部の隅に、細竹で刺し貫いた程の穴を塞《ふさ》いだ跡があった。

「他の方々の寝所は、御長屋か？」

十四郎は家士に訊《き》いた。

「左様にございます」

「そちらにも、案内を願えるかな？」

「……心得ました」

廊下を戻ろうとする家士を、呼び止めた。

「外から行けぬだろうか」

目付の前を通れば、長屋までも、という顔をされるだろう。

「履くものがございませぬが」

「私ならば、裸足《はだし》で構わぬぞ」

「では……」

家士に続いて敷石に下り、屋敷をぐるりと回ると長屋に出た。

「こちらが、筆頭用人・田尻吉左衛門《たじりきちざえもん》の長屋にございます。その左隣が……」

名前を順に挙げようとする家士を制して、田尻吉左衛門の長屋に入り、寝所の襖を調べた。やはり、細竹で突いたような穴の跡があった。

（分かった）

寝所に薬を吹き込んで眠らせ、粘土で口と鼻を塞いで殺す。それから着替えさせ、順次大広間に運び、腹を斬り裂いたのだ。問題は、その数だった。殺したのは、一人や二人ではない。十五人である。それだけの者を殺し、運んだのにも拘《かか》わらず、気配を悟られることもなく、完璧に始末してのけたのだ。並の者の仕業ではない。七星剣と柳生であることは、明らかだった。

「むう……」

十四郎は一声唸《うな》ってから、念のために他の長屋も調べてから大広間に戻った。

宣正が問いたげな顔をして十四郎を見たが、十四郎は首を横に振ってから、

「戻りましょうか」

宣正を促すようにして井関頼母の屋敷を出た。

「何か、不審な点でも……」

井関頼母の屋敷から離れると、宣正が訊いた。

「…………」

何と答えようかと、十四郎は迷った。迷っているうちに、宣正が先回りをした。

「……訊かぬ方が、よいのですな」

「申し訳ございませぬ。いずれ時至れば、必ずお話しいたします故」

「無理には訊きますまい。それに、儂《わし》には何も見えておらぬしの」

「……かたじけのうございます」

朝倉屋敷に戻った十四郎は、水木と千蔵を呼び、見てきたすべてを話した。

「私も」と、水木が言った。「柳生の仕業だと思います」

水木の斜め後ろに座った千蔵が頷《うなず》いて見せた。

「何故、意のままに動く美作を殺したか、だが……」

「口封じでございましょう」

立ち合いの最中に、龍斎が七星剣の一人であることを、思わず烏堂が認めてしまったと、猿狩りの後二人には話してあった。十四郎らが、龍斎を推した美作に疑いを抱くのは目に見えている。

「それに」

美作が、と水木が言葉を並べた。見返りなくして動いたとは思えませぬ。恐らく大納言様を改易《かいえき》に追い込んだら、その代償にどこぞの国かを貰《もら》う約定《やくじょう》でも交《か》わしていたのでしょう。勿論《もちろん》、証《あか》しとなるような書き付けは持ち去られたでしょうが。

「もう一つある」

十四郎は、水木と千蔵を見比べてから口を開いた。

「大納言様の落ち度とするためだ」

家老職にある者とその重臣合わせて十五名が腹を切って果てたのだ。理由が分からぬでは、領主の資質が問われることになる。

「改易させるためでございますか。そのために、用済みだからと言って十五名もの命を……」

「すると」と千蔵が言った。「暗殺は、止《や》めたのでしょうか」

「止めぬ」

十四郎が言い切った。

「刺客は、一度狙《ねら》うたら死ぬまで狙い続けるものだ」

「中止の命《めい》が来たとしたら？」

「来ぬ。中止するかもしれぬ命など、柳生は出さぬ」

「では？」

「来る。必ず、また襲うて来る」

退路を絶《た》ったのだ、と十四郎が言った。

「改易のための膳立《ぜんだ》てはした。後は死ぬ気で暗殺を実行すればよい。しくじったとて、役目は果たしておるのだからの」

千蔵が生唾《なまつば》を飲んだ。

「我らに」と水木が訊いた。「勝てましょうか」

烏堂の強さが十四郎の脳裡《のうり》をよぎった。

「烏堂との立ち合い、御覧になっておったのですな」

「はい」

「どう見えました？」

「不利でした」

烏堂も勝ったと思い、龍斎の名を口にしてしまった。そこが付け目だと、十四郎は言った。

「油断が生ずる筈です」

「それで勝てる烏堂とは……」

「思えませぬか」

「……はい」

「では、もう一つ。勝負は、次に大納言様が城から出られる時です」

水木が頷いた。

「それが何時《いつ》かを決めるのは、我らの方です」

「猿で誘い出されたのは、我らでした……」

「結果的には、確かに」

「ですが、此度《こたび》の一件で、次の時は大納言様も我らの言を聞かれるかと」

「そうであってほしいものだが」

「そうさせるのです」

十四郎は、伸びて来た髪を手櫛《てぐし》で搔《か》き上げると、済まぬが、と水木に言った。

「千蔵殿を貸して下さらぬか」

水木が目で尋ねた。

「江戸に行って貰いたいのだ」

美作の一件、及び猿狩りのことを、利勝に正しく伝えておこうと思ったのだった。

「もう一つ。草の根を分けても七星剣の隠れ家を探し出すよう、配下の衆に今一度檄《げき》を飛ばして下さらぬか」

「承知いたしました」

「千蔵殿が戻るまで稽古《けいこ》をいたそう。勝機が見付かるかもしれません」

「三日いただければ、江戸から戻って参ります」

「速いの」

「取り柄《え》は」と千蔵が答えた。「それだけにござりますれば」

二

千蔵が江戸の土井屋敷に着いたのは、翌早朝明け六ツ（午前六時）の鐘が鳴り始める頃だった。

利勝の起きる時刻に合わせて、走る速さを調《ととの》えたのである。

表御門の前に立ち、千蔵が指笛を吹いた。

二つの影が、御門を挟んだ左右の塀の上に現われた。

「小頭《こがしら》」

二つの影は飛び下りると、千蔵の前に膝《ひざ》を突いた。

「火急《かきゆう》の使いだ。入るぞ」

「小頭だ」

影の一つが塀のうちに声を掛けた。

潜《くぐ》り戸が開いた。

小姓に起こされた利勝は、黒紬《くろつむぎ》に黒帯の寝間着《ねまき》のまま端座《たんざ》していた。

利勝は手短にねぎらいの言葉を口にすると、訊いた。

「何があった？」

千蔵は埃《ほこり》にまみれた身体を縮めて平伏し、駿府で起こった事々を順を追って話した。

「其の方らが考えた通り、美作は初めから消される定めにあったのであろう」

腕を組んでいた利勝が、目だけを上げて、千蔵を見、

「やりおるものだの」と言った。「一人二人殺《あや》めるだけなら考え付くが、十五名ともなると、誰も考えもせぬわ」

「柳生が考えた策なのでしょうか」

「いや、もそっと上であろうな……」

柳生宗矩は腕に自信がある分、細工は簡略を好む。殺すなら美作に絞る筈だ。将軍家の側《そば》近くにあって、全幅《ぜんぷく》の信頼を得ている松平伊豆守信綱か稲葉丹後守《たんごのかみ》正勝あたりが策を練ったと見るが順当であろう、と利勝は読んだ。

「思い切った策を練る者がおり、果敢に実行する者がいる。それらの者を手足のように使うことが出来ようとは、少し将軍家を見直さねばならぬな」

「殿は褒《ほ》めておいでなのでございましょうか」

千蔵は、利勝の反応に面食《めんく》らっていた。

「誰が褒めてなどおるものか」

利勝が強い口調で言った。

「儂の顔がそのように見えると申すのか」

「とんでもございませぬ」

平伏した千蔵の姿が、一層小さくなった。

(これ程の大事を儂抜きでやりおったのだ。褒めてなどおられようか)

何とかせねば……。

家光と自分との距離を縮めるには、何をすればよいのか。利勝は思いを巡らせた。秀忠の死期は迫っていた。

「美作がいかにして死んだか、実《まこと》のところを十四郎は宣正に申したのか」

「いいえ、まだ話してはおられぬと聞き及んでおります」

「それでよい。事を荒立ててはならぬ。相手は将軍家だからの。黙り通すよう十四郎に申しておけ」

「いかがなされます？」

「ここに至って、何をなせと申すのだ？」

「では、大納言様は……」

「これ程までに将軍家が大納言様を嫌うなら、策に乗り、大納言様を御前から遠去けるしかあるまい。災《わざわ》いの根は絶つ。権現様は、そうなされてきた。不憫《ふびん》だが、致し方あるまい」

「私どもは、これまで通り大納言様のお命をお守りすればよろしいのでございましょうか」

何としても殺させてはならぬ、と利勝が言った。

「将軍家が、暗殺などなさってはならぬのだ」

「確《しか》と伝えまする」

「風呂に入り、少しでもよい、眠り、滋養《じよう》の付くものを用意させる故、食べてから戻れ」

「ありがたくお受けいたします」

「頭領も手傷など負うてはおらぬであろうな？」

「地を蹴《け》り、矢を摑《つか》むなどいたしております」

「流石《さすが》だの。そうか、ならばよい。大儀であった」

千蔵は平伏した。衣《きぬ》の擦《す》れる音がし、畳を踏む足音が続き、襖の向こうに消えた。千蔵はゆるりと身体を起こした。


大御所秀忠は、床を延べて休んでいた。

秀忠は自身の死を受け容《い》れていた。

(長くはない)

気力は既に失われている。秀忠の頭にあったのは、自身亡き後の徳川の家のことだけだった。

「大炊か、いかがいたした?」

「御機嫌伺いに参上いたしましてござりまする」

「嘘《うそ》を申せ。顔に書いてあるわ。何があった?」

利勝は、秀忠の顔色を見て、少しく安堵《あんど》した。

(今日は血色もよい……)

「御賢察《ごけんさつ》、畏《おそ》れ入りましてござりまする」

「忠長がことか？」

　利勝は秀忠が生まれると直ぐに付属させられている。側にあること五十一年、終《つい》ぞ見たことのない勘の冴《さ》えだった。

「顔に出ておったならば、某《それがし》はまだまだ修行が足りませぬ。どうして、お分かりになられました？」

「足音で分かるのよ」

「足音？」

「冗談じゃや。余はそこまで鋭くないわ。で、何があった？」

　利勝は、井関頼母以下十五名の者が切腹したことを告げた。

「何……!?」

　秀忠は絶句したまま、暫《しば》し天井を見詰めていたが、

「書き遺したものはないのか」

「何も無かった由《よし》にござります」

「訳はあろう。無くて切腹いたすか」

「恐らくは、大納言様との行き違いかと」

　利勝は、柳生の件には毫《ごう》も触れなかった。

「先《ま》ずは、そんなところだろうの。忠長は、何と申しておる？」

「まだ、一報が入ったばかりなので、そこまでは」

「駄目だの……」

秀忠がぽつりと言葉を零《こぼ》した。その後、暫《しばら》く口を噤《つぐ》んでいたが、ゆるりと上体を起こすと、大炊、と言った。

「忠長は、四代の器《うつわ》ではなかったのかの？」

「そのようなことはなかろうかと……、ただ」

「ただ、何だ？　遠慮のう申せ」

「お年が近かったが故に、一大名として仕《つか》えることに御不満があったのやもしれませぬ」

「余は腫《は》れ物に触るようにして兄に接した」

次兄・結城秀康のことだった。兄を差し置き将軍職に就いたからと、秀康が没するまで、何かに付けて秀忠は気を遣い続けた。それは、三男を将軍職に就けた家康も同様だった。

「あの思いだけは、家光にはさせたくない」

妙なものだな、と言って、秀忠は声もなく小さく笑った。

「嫌った子のことを気遣うとはの」

「大所高所に立たれたお言葉、流石《さすが》は大御所様にございまする」

「忠長についてこれまで話したこと、すべて忘れてくれ。余は諦《あきら》めた」

「はっ」

「其の方も、そう思うであろう？」

「大御所様の御胸中を思えば、残念でござりまするが……」

「猿狩りといい、忠長を庇《かば》うは容易《たやす》いが、ここで庇えば必ずや禍根《かこん》を残すことになるであろう……」

秀忠は目頭《めがしら》を押さえると、

「諸侯への示しもあろうが」と言った。「処罰は、何とか軽くしてやれぬかの？」

老いた父の姿だった。大御所としての言葉ではなかった。

（…………）

利勝は、威儀《いぎ》を正す振りをして、両の拳《こぶし》を畳につけ、低頭して答えた。

「処罰の話は伺わなかったことにいたします。まだ、お心を入れ替えて下さるやもしれませぬ」

「そうか、待ってくれるか」

しかしこの時、利勝は、忠長を切腹に処することを考えていた。

（大納言様を太守の座から引き擦り下ろすだけでは、足りぬか……）

忠長は、改易に処した松平忠輝《ただてる》や忠直《ただなお》よりも、更に抜きん出て将軍家に近く、しかも諸侯の間での評判がよい。

（これ、すなわち、一方の神輿《みこし》になるということではないか）

切腹を言い渡してこそ、

（諸侯への見せしめとなるのだ）

そこに追い込むための十五人殺しならば、井関頼母らの殺害を認めてくれよう。

成程《なるほど》家光には知恵のある側近がいる。家光自身も非情になれる資質を備えている。その彼らに、将軍職に、年寄に相応《ふさわ》しい真の非情さが本当にあるのか。

（儂が見極めてくれるわ……）

では、と利勝は思う。いつ、どうやって大納言様に引導を渡すのか。上様にしても、大御所様の存命中に事を運ぶことは出来まい。

（大御所様が御逝去された後か）

その時まで待ち、万一にも上様が断を下さずにいたならば、

（まず改易を勧め、切腹への道を儂が付けてくれよう。そのための小細工は、儂がするしかあるまいが、今はその時ではない。儂とても、大御所様が御座《おわ》す間は、手を出すに忍びぬ）

胸中をよぎる思いを隠して、利勝は平伏し続けた。

三

その浪人風体の男の跡を尾《つ》けて四半刻《しはんとき》（約三十分）近くになる。男は江尻宿《えじりしゆく》に程近い平河内《ひらかわち》の鍛冶《かじ》屋から出て来たところだった。見覚えがあった。

金沢から十四郎を追って来たという松倉小左郎と立ち合っていた侍だった。柳生七星剣の一人とみてよいだろう。上段に構え、射《い》るような眼差《まなざ》しを向けていた男の顔を見誤りはしない。

水木配下の細作《さいさく》・秋津《あきつ》の弥三《やぞう》は、気取《けど》られぬよう三十間（約五十四メートル）の間合いを取り、慎重に男の跡を追った。

このまま進むと江尻に入る。湊《みなと》に出るのか、三保《みほ》に行くのか、それとも江尻を過ぎて奥津《おきつ》方面にまで足を延ばすのか。

とにかく、尾けるしかなかった。

男は時折立ち止まっては、瓢箪《ふくべ》の酒を飲み、蹌踉《そうろう》とした歩みを繰り返している。

尾けるには、勝手の悪い相手だった。

弥三は、常に持ち歩いている行商人の着物と野良着を適当に着回しては辛抱強く間合いを計った。

突然、男の姿が街道から消えた。

(悟られたか)

そのような気配はなかった。ここで焦っては墓穴を掘ることになるやもしれぬ。弥三は、わざとゆっくりと歩いた。

楠《くすのき》の大木の陰に、茶屋があった。江尻の宿の手前にある追分の茶屋だった。

男は茶を飲み、街道を見ていた。弥三の方に顔を向けた。

隠れることも、立ち止まることも出来なかった。茶屋を行き過ぎ、振り返りたいのを我慢して、街道を先まで歩いた。

道は大きく左に曲がり、稚児橋《ちごばし》に出た。東照神君の命で、江尻湊に注ぐ巴川に架けられた橋である。

弥三は歩みを止め、橋の袂《たもと》にある泥人形屋に入った。

男は中々現われなかった。

（しまった……）

茶屋に戻った。男はいなかった。

湊へ続く清水道に折れたのだろう。

追いたかった。急げば追い付く筈だった。

（いかん）

自らを諫《いさ》めた。尾行を悟られたら、元も子もない。

弥三は足指の間に小石を挟むと、東海道を府中に向けて足を急がせた。

細作同様、柳生の忍びが街道を見張っている場合を考え、小石の痛みで歩みが不規則になり、細作であることを見抜かれないようにしたのである。

弥三の一報を受けた水木は、細作の多くを江尻に送り込んだ。

「彼奴《あやつ》らの隠れ家は、その辺りに必ずある。七星剣の五人が出入りし、柳生の忍びも加わるとなれば、必ず目に付こう。船宿や寺社は徹底的に調べるように。よいですね」

細作を送り出したところに、小頭の千蔵が戻って来た。

水木は道場から十四郎を呼ぶと、弥三の一件を知らせ、次いで千蔵に報告を始めさせた。

「では、七星剣を倒すことに変わりはないのですね？」

「将軍家は暗殺などしてはならぬのだ、との仰《おお》せでございました」

「よし、稽古だ。道場に戻ろう」

十四郎に続いて水木が立ち上がった。


——上段に脅《おび》えて何とする。

十四郎の声が、小左郎の耳朶《じだ》に甦《よみがえ》った。

(脅えたのではないわ)

水木に呼ばれて十四郎が道場を出てから、鉄の棒を振り続けていた。腕が萎《な》え始めていた。

(勝手が違《ちご》うただけだ)

鉄の棒に腰が振られた。

これ以上振っても稽古にはならぬ。棒を投げ出そうとした。

「続けろ」

道場の入り口に立った十四郎が、大声を発した。

「……はい」

正眼に構えた鉄の棒を、踏み込みざまに振り下ろす。続けた。

その呼吸を計り、十四郎が木刀で打ち込んで来た。

小左郎は鉄の棒で弾《はじ》き返すと、ためらわず胴を払った。

すっと足を引き、間合いを取った十四郎は、上段に構え直すと、渾身《こんしん》の力を込めて小左郎の頭部目掛けて振り下ろした。

鉄と木である。鉄が負ける訳がない。小左郎は迷うことなく鉄の棒で受けると、己の間合いから鉄の棒を繰り出した。

木刀が弾かれて飛んだ。

「その呼吸だ、忘れるな」

十四郎が間合いから逃れながら言った。

「上段に勝ったぞ」

小左郎の眉《まゆ》が左右に開いた。

「お見事でした」

水木が口を添えた。

「小左郎には済まぬが、今のは昨日までの立ち合い方だ。これから、明日以降の立ち合い方を稽古する」

十四郎は、男が鍛冶屋から出て来るところを、弥三が見掛けたことを話した。太刀の他にも何か得物を作らせたのかもしれぬ。上段から振り下ろす寸前に、鉄片に見立てた扇子《せんす》を投げ付けた。

扇子で構えを崩された小左郎は、難無く上段の餌食《えじき》になってしまった。

「扇子をどうやって躱《かわ》すか、暫し一人で工夫しておれ」

十四郎は水木を道場の中央に招き、寸の躱し方の稽古を始めた。


「もし、落とされましたよ」

商家の手代《てだい》に扮《ふん》した細作が、飴屋《あめや》に化けた細作に声を掛け、小声で訊いた。

「見付かったか」

「まだだ」

「湊周辺にはおらぬ。もう少し輪を広げよう」

「分かった」

「お気を付けて」

拾った振りをして手拭《てぬぐい》を渡した。

「ありがとう存じます」

手代と飴屋が左右に分かれた。

その頃――。

弥三が尾行を諦めた、清水道沿いにある寺を調べ回っている細作がいた。名を百舌《もず》と言った。

百舌はくねくねと折れ曲がっている清水道を、湊に向かって歩いた。

寺があった。

鬱蒼《うっそう》とした木立《こだち》が茂り、広い寺領の外れには風雅《ふうが》な屋敷が建てられていた。寺の名は禅林寺と言った。

百舌は懐《ふところ》から小石を取り出すと、口に含み、舌の上で転がしながら寺域に入った。ただぼんやりと前方を見て、口の中の小石に意識を集中させ、庫裏《くり》に向かった。

小石を片頰《かたほお》に寄せ、

「恐れ入ります」

奥に声を掛けた。

温厚そうな顔立ちの僧が応対に現われた。百舌は腰を折り、丁寧に頭を下げると、

「手前は」と言った。「府中で呉服を商います越後屋の手代で富太郎《とみたろう》と申します。本日は主人茂兵衛《もへえ》の使いで隠居所を探しに参りました……」

(何者だ……)

猿《ましら》の中伍は、木立の上から百舌の歩みを凝《じ》っと見ていた。

気配を窺うでもなく、隙《すき》だらけの姿を晒《さら》して歩いているところは、忍びとは思えなかった。

(檀家《だんか》であろう……)

見過ごそうと一旦《いったん》は思ったが、念には念をと思い直し、小さく低く指笛を吹いた。

猿が一匹、枝を伝って来た。額《ひたい》を撫《な》で、咽喉《のど》を摩《さす》った。目を細めている。

中伍は庫裏を指さした。

「分かるな。あそこから、もう直ぐ男が出て来る。脅かしてやるのだ。よいな」

猿が黄色い歯を覗《のぞ》かせた。

「よし、賢いぞ。行け」

猿は木の幹を伝い下りると、素早く境内《けいだい》を横切り、木立の中に消えた。

(どこだ?)

中伍は猿の癖を考え、登る木を予想した。

(そうだ。その木だ)

葉叢《はむら》の間から猿の姿が覗いた。身構えている。焦るなよ。待っていろ。

男はまだ出て来ない。

(何を話しておるのだ?)

猿を見た。ひたすら男が現われるのを待ち構えている。

猿には我慢の限界があった。湯に浸《つ》かるなど、己が求めたことならば時を忘れるが、命じられてやることには、限度があった。

呼び戻すか。迷いが猿に伝わった。猿が首を伸ばして中伍を見た。その時になって庫裏の戸口が開き、男が現われた。

猿の口から、啼《な》き声が漏れた。

（猿だ）

百舌の脳裡を安養寺での七星剣の襲撃がよぎった。

百舌はくるりと向きを変えると、庫裏に転がり込んだ。

「猿がいるらしいのです」

「はあ」

今まで応対してくれていた僧が、頓狂《とんきょう》な声を上げた。

「怖いのです。小さな時に咬《か》まれまして」

「それは、それは」

僧は小坊主を呼ぶと、寺の外まで送るように言い付けた。

「申し訳ございません。お手数をお掛けいたします」

百舌は、背を丸め、腰を折り、小坊主の後ろに隠れるようにして寺を出た。

チッ、と舌打ちをし、申伍は猿を呼び寄せた。

猿が枝から枝に飛び移りながら近付いて来た。

申伍の手が縦に動き、光の筋が奔《はし》った。

猿が掴もうとした枝を、手裏剣《しゅりけん》が切り落とした。

猿は二回転して地に落ちると、申伍を探した。

中伍の姿は木の上にはなかった。

百舌は、山門に立って見送っている小坊主に深々と辞儀《じき》をし、歩き続けた。

口に入れた小石を裏返し、表に返し、そのことに意識を集め、ただ歩いた。

半刻が経った頃に、茶屋を見付けた。

「茶をおくれ」

その時になって、小石を吐き出した。

（間違いない。寺領の外れにある屋敷だ）

――あの家はな、と僧が言った。絵や俳諧《はいかい》を嗜《たしな》む方々が集まっておいででの。

――お貸しいただく訳には参りませぬか。

――何しろ、井関美作守様が請け人になっておられる方々ですからな。尤《もつと》も、井関様があのようなことになられたので、これからどうなさるのか相談せねばと思うておったところですが。

百舌は仲間を集め、もう一度寺に行き、探ってみようかとも考えたが、

（ここは、触らぬ方が）

と思いを改め、府中に戻ることにした。

（どこに敵の目があるか分からないからな）

一方、申伍は不機嫌な顔を隠そうともせずに隠れ家に戻った。

「どうしたのだ？」

岩瀬又十郎が申伍に声を掛けた。

「別に……」

「仏頂面《ぶっちょうづら》をするな。酒が不味《まず》くなる」

「岩瀬殿」

氷室兄弟の兄・右近が言った。

「付き合いませぬか」

「冷えてますすぞ」

弟の左近が、堺で求めたというギヤマンの徳利《とくり》を持ち上げた。盃《さかずき》もギヤマンである。

兄弟とは七星剣の繋《つな》がりで各地をともに旅したが、どこに行くにもこのギヤマンの酒器を持ち、嘗《な》めるようにして酒を飲んでいた。

「いただこう」

手渡された盃に、右近が酒を注《つ》いだ。女のように指が細く、手が白い。

（これで立ち合うたら、腕は儂より上であろう……）

兄弟に左右から挟むように攻撃されて、避《よ》け切った者を見たことがなかった。

（倒すには、兄弟の呼吸を乱すか、二人を離れればなれにするしかない……）

盃を空けた。

さらりとして旨《うま》い酒だった。

「今日は、どちらまで出掛けられたのですか」

見ておったのか。又十郎は、懐から畳んだ手拭を取り出し、開いて見せた。数本の小柄《こづか》が覗いた。

「思い付いての、鍛冶屋に作らせたのだ」

「流石《さすが》に岩瀬殿、備えを怠《おこた》りませぬな」

「まだまだ生きていたいのでな」

又十郎は咽喉に絡《から》んだような笑い声を上げた。

「よくやってくれた」

と、十四郎が言った。

「弥三が浪人者を見失ったのが、清水道への入り口。そして百舌が見付けた美作絡みの屋敷のあるのが、清水道沿いの寺。隠れ家に相違あるまい」

「明日にでも確かめに参りましょうか」

「止めておこう。気付かれる恐れがある」

「簡単に見破られる我らではござりませぬ」

「ではあろうが、相手は七星剣だ。侮《あなど》ってはならぬ」

それよりも、と十四郎は、百舌に尋ねた。

「その禅林寺というのは、御浜御殿に程近いのだな?」

御浜御殿は、慶長十四年（一六〇九）、後に紀伊《きい》徳川家の藩祖となる頼宣が、父家康のために建てた別荘である。

「左様にございます」

百舌が答えた。

「その御殿に、奴らを誘《おび》き出そう」

「乗って来るでしょうか」

水木が尋ねた。

「必ず来る」

# 四

駿府城御座の間に十四郎はいた。

朝倉筑後守宣正に頼み、拝謁《はいえつ》の場を設けて貰ったのだった。

人払いを願ったこともあり、御座の間にいるのは上段の忠長、中段の宣正、そして下段の十四郎の三人だけだった。

慎重に気配を探り、忍んでいる者がいないことを確かめてから、

「刺客どもの隠れ家を突き止めましてございます」

十四郎が宣正に言い、宣正が忠長に伝えた。

「豊臣の残党であったとは、実《まこと》か」

十四郎は宣正を見た。宣正が頷いた。直答《じきとう》してもよいと伝えたのである。

「捕らえてみぬことには、確《しか》とは分かりませぬが、恐らくそのような者どもと思われます」

「まさか、江戸から参った豊臣の残党ではなかろうな？」

「大納言様、滅多《めった》なことを……」

宣正が顔色を変えた。

「大坂の城が落ちて十五年、豊臣ではちと時季外れではないか」

どうだ十四郎、答えい、と忠長が、皮肉に満ちた笑みを浮かべて言った。

「どこぞに我らの知らぬ御落胤《ごらくいん》がおったとすれば、あれから十五年、担《かつ》ぐ者どもが動き出したとしても不思議ではござりませぬ」

「口の達者な奴だの」

「恐れ入りましてございます」

「で、余に話とは何じゃ？」

「御浜御殿を使う許しをいただきたいのでございます」

「あれは権現様が隠居所としてお使いになられていた由緒《ゆいしょ》ある御殿だぞ」

「承知いたしております。が、そこを枉《ま》げてお願い申し上げまする」

「何に使うのだ？」

「御殿に刺客どもを誘い込み、逃げ場を塞ぎ、一網打尽《いちもうだじん》にするのでござります」

分からぬ。忠長が首を捻《ひね》って見せた。

「隠れ家を突き止めたなら、何故取り囲むなりして捕らえぬ」

「そのような生易しい者どもではございませぬ。捕り方の近付く気配がすれば、たちどころに消え去りましょう」

「彼奴らは、それ程の者どもなのか」

「御意にございまする」

「餌《えさ》は何にするつもりだ？」

「はっ？」

「相手は刺客だ。狙う獲物がおらねば、罠《わな》には掛からぬぞ」

「恐れながら、大納言様の影法師《かげぼうし》を立てさせていただこうかと考えております」

「余に似ておるのか」

「似せまする」

「それで騙《だま》せるのか。生易しい者どもではないのであろう？」

「お任せの程を」

「任せられるか」忠長は立ち上がると、己《おの》が胸を叩《たた》いた。「余が餌になってくれるわ。余の命を狙うておるのだ。余がおらねば気の毒ではないか」

「それはあまりに危のうございまする」

宣正が膝でにじり寄った。

「文句があるなら余を守ってみせい。守る自信はあるのだろうな？」

「御意」

十四郎は、忠長を見詰めたまま語気鋭く言い切った。

「よし。余が刺客の正体を見定めてくれるわ。御殿に出向く日取りは任せる故、良き日を選べ」

忠長の足音が、畳廊下を遠退《とおの》いて行く。宣正は顔を起こすと、下段にいる十四郎を見た。勝機を見出《みいだ》そうとしているのか、険《けわ》しい表情の十四郎がいた。


にわかに三の丸朝倉屋敷の警備が厳しくなった。

柳生の忍び・笠置《かさぎ》の小弥太《こやた》は、陰を伝い、這《は》うようにして床下に潜り込んだ。

警護の細作が待ち構えていることは、分かっていた。

分かっていながら潜り込んだのだった。

露見する。斬り合いになる。その隙に、狭間《はざま》の鬼一《きいち》が奥まで忍び込む手筈になっていた。己は捨て石だった。

小弥太は身を屈《かが》めると、支柱から支柱へと這い進んだ。

闇《やみ》の向こうに人の気配が読み取れた。

味方はいない筈だった。人がいれば敵だった。

（せめて一人ぐらいは倒さねば……）

柳生の忍びとして生きてきた甲斐《かい》がなかった。

闇に目を凝らし、間合いを計り、そっと前に進んだ。指先に何かが触れた。糸が張られていた。肘を曲げ、糸から離れようと試みた。頭上で微《かす》かな音がした。

（足音か）

聞き耳を立てようとした時、床板を貫いて槍《やり》が突き下ろされた。

槍は小弥太の背から腹に抜け、十分留《とど》まった後、引き戻された。

小弥太は、口から血の塊《かたまり》を吐き出しながら床下から這い出した。

（駄目だ。行くな）

合図を送ろうと、鬼一が潜んでいる辺りに目を遣った。

植え込みの陰で白刃が光った。

小石を敷き詰めた庭に出て来たのは、鬼一ではなかった。

小太刀《こだち》を下げた若い侍だった。

その男は、つかつかと小弥太の側に寄ると、右の手首を踏み付けた。

止《とど》めを刺そうとしていることは、直ぐに分かった。

抗《あらが》おうとしたが、身体が言うことを聞かなかった。

小弥太の瞼《まぶた》に嫁の顔が、柳生谷の風景が、浮かんで消えた。

「ご苦労だった」

十四郎は小左郎に座るよう手で指し示した。

「敵も事を急いでおるようだ。必ず襲うて来る。勝負は一夜、三日後だ。各々《おのおの》、決められた己が役目を果たすよう願い入る」

水木を筆頭に千蔵以下居並んだ細作が頭を下げ、部屋を後にした。

「忍びにも慣れたようだな」

「お陰様で」

「太刀筋で分かる。僅《わず》かな期間で、随分と腕を上げた」

「まだ勝てませぬ」

小左郎が十四郎の太刀を見た。

京の刀工・粟田口藤吉郎兼光《あわたぐちとうきちろうかねみつ》が鍛えた二尺七寸五分（約八十三センチメートル）だった。安養寺で折られた太刀の代わりとして、朝倉宣正から譲り受けていた。

「失礼いたします」

水木が、千蔵らと細かな打ち合わせを終えて戻って来た。

千蔵らは、禅林寺の七星剣に気付かれぬよう夜陰《やいん》に紛《まぎ》れ、今宵《こよい》のうちに御浜御殿に入り、床下、天井裏など、各所で当日まで見張る。大納言様が御殿に到着するまで何も起こらなければ、各所の頭はその旨《むね》を当日水木に知らせる。知らせが届かぬところは、七星剣の手に落ちたものと見なければならない。

七星剣は、今宵こちらの動きに気付かずとも、大納言様が城外に出られれば、必ず姿を現わすだろう。此度《こたび》こそは、と御殿に侵入するに相違ない。七星剣の姿を認めたその瞬間、御殿周辺に響き渡るように火薬を爆発させる。清水道や湊に待機させておいた兵が駆け付け、御殿を取り囲む。七星剣に逃げ場はなくなる――。

「これで」と水木が言った。「後は大納言様と筑後守様次第でございますね」

明日は登城した宣正が、腹を切って果てた井関家の家名をどうするかで忠長と揉《も》め、怒った忠長が城を出、御殿に行くという芝居を打つことになっていた。

御殿の留守役には何も知らせていない。突然の忠長のお出ましに戸惑《とまど》い、慌て、騒ぎ立てる筈である。七星剣の耳には直ぐに届くだろう。

――筑後を怒鳴《どな》ればよいのだな？

――御意にございまする。

――遠慮はせぬぞ。

忠長が宣正に言った。今日、御座の間で交《か》わされた会話だった。

五

日が沈んで一刻が経った。

篝火《かがりび》から火の粉《こ》が舞い上がった。

門番の村上孫太郎《むらかみまごたろう》は、火の粉の飛び行く様を目で追った。火の粉は赤い筋を引いて流れると、ふっと消えた。

御殿の奥から微かに笛の音が聞こえてきた。

白拍子《しらびょうし》が舞い踊っているのだ。

孫太郎は、今日の昼からの騒ぎを思い返した。

城から一報が入ったのは、番所で白湯《さゆ》を飲んでいた時だった。

――突然であるが、本日殿のお出ましがある。諸事万端遺漏《いろう》なきよう準備いたせ。

上を下への大騒ぎの中、上役から内々の急使が着いた。

――殿と朝倉様が喧嘩《けんか》しての。怒った殿が御殿に行くと仰せになられたのだ。急ぎお迎えの支度《したく》を整えぬと、腹切りものだぞ。

それからは戦場《いくさば》のような騒ぎだった。庭や門前の手入れ、屋敷の掃除、膳部《ぜんぶ》の支度、駆け出す者、駆け込む者、誰の目もが血走《ちばし》っていた。

――もし、と土地の者らしい男に呼び止められたのは、孫太郎が草を毟《むし》っていた時だった。御殿が大層賑《にぎ》やかですが、何かございましたか。

答えるのも面倒なので追い払おうかと思ったが、男の連れていた小猿があまりに可愛《かわい》いので、つい手を出しているうちに、殿の突然のお出ましなのだと答えてしまった。

それにしても、と孫太郎は、男が連れていた小猿を思い出した。

咽喉のところに生えていた毛が、白くてふわふわしていた。

(可愛かったの)

「孫太郎」

門番の相方に呼ばれ、孫太郎は顔を横に向けた。

「あれは、昼間の猿ではないか」

相方の指さす方を見た。小暗い道に座り込むようにして、猿がこちらを見ていた。咽喉のところが白い。

「そうかな?」

「違ったか」

「呼んでみるか」

孫太郎はしゃがむと、手招きをしながら、ほいほいと言った。

猿が首を伸ばすような仕種《しぐさ》をした。

「間違いない、あいつだ」

立ち上がろうとした孫太郎の胸に、何かが当たった。黒くて長いものが刺さっていた。矢だった。

(何だ? どうしたんだ?)

相方に訊こうとして、相方の胸にも、腹にも、足にも矢が刺さっているのに気付いた。

倒れた孫太郎の側に近付いて来るものがあった。

小猿だった。小猿は、孫太郎の流した血を嘗めると、赤い口を開けて、振り返った。黒い影が、闇の中から湧《わ》き出していた。

（一人、二人、三人……）

次々と現われる影を八人まで数えたところで、孫太郎の息は絶えた。

殺気が御殿の周辺に渦巻いた。

「来たぞ」

十四郎が低い声を発した。鼓《つづみ》と笛が調子を崩さず奏でられる中、白拍子が直垂《ひたたれ》を脱ぎ、立烏帽子《たてえぼし》を外した。細作の衣装を纏《まと》った水木が現われた。

水木は、稲葉正利に目配せすると、表に向かった。

忠長を守るため、小姓組番と書院番から選ばれた腕の立つ者が囲み、その周りに細作が散った。

御殿の表を十四郎と水木が、裏を小左郎と千蔵が受け持ち、細作に指示を与えた。

柳生の忍びが霧のように、音もなく塀を乗り越えた。

忍びの後から七星剣が続いた。

そこに至り、鼓と笛の音が絶えた。

双方の剣が、篝火を孕《はら》んで光った。

「今だ」

十四郎の声に合わせて、火薬が炸裂《さくれつ》した。木立に跳ね、音が木霊《こだま》した。

眠っていた鳥が、啼き叫びながら夜空に飛んだ。

御浜御殿の周囲を、速《すみ》やかに兵が囲み始めた。

「構わぬ。掛かれ」

烏堂の命が飛んだ。無数の忍びが一斉に襲い掛かった。御殿の警備の者どもが途端に浮き足立った。

（……守りの駒《こま》が足らぬようじゃな）

男が呟《つぶや》いた。男は御殿を見下ろす木立の上にいた。久兵衛だった。

妙立寺の尼住持から禅林寺の住職へ届け物があり、久兵衛はその役目を引き受けて江尻まで来ていた。寺の庫裏にいた時、境内の外れから現われた両角烏堂を見掛け、そのまま寺に留まり、様子を探っていたのだった。

（見捨ててもおけぬか）

木立を伝い下り、忍びの背後に立った。

「相手をいたす。死にたい者から参れ」

鉈《なた》を抜き、山刀を構えた。

「山の者か。愚かな奴よ」

　無造作《むぞうさ》に近付いた忍びの一人が、鉈で頭を割られ、血達磨《ちだるま》になって倒れた。

　忍びが久兵衛を囲み、輪になって走った。同時に斬り込めば、避ける術《すべ》はない。

　忍びの一人が手を挙げた。輪が縮まろうとした。その一瞬を狙い、久兵衛の手から鉈が飛んだ。忍びの挙げた手首が、もげて飛んだ。鉈は円弧を描き、輪になった者どもの手首や指を次々と斬り飛ばした。

　久兵衛の手から細紐《ほそひも》が垂れていた。紐を引いた。鉈が宙を飛び、掌中《しょうちゅう》に戻った。

「怯《ひる》むな」

　残った忍びの叫びより先に、久兵衛が忍びの間を駆け抜けた。山刀が閃《ひらめ》き、血《ち》飛沫《しぶき》が跳ねた。

　十四郎の太刀が鞘《さや》を離れた。

　胴と股《また》を割られ、二人の忍びが沈んだ。

（斬れる）

粟田口藤吉郎兼光。かつて経験したことのない斬れ味だった。

「儂が相手だ」

二匹の猿を連れた申伍が、一歩前に踏み出した。

「手伝おう」

烏堂が申伍に並んだ。

「儂一人で殺《や》る」

「殺れるか」

「その代わり、奴の刀は儂のものだからな」

申伍が藤吉郎兼光二尺七寸五分を睨《ね》めるように見詰めた。

「儂も、新しい差料として、あれ程の業物なら所望《しょもう》したいところだが、まあよかろう。儂は雑魚《ざこ》を片付けておるわ」

烏堂は、取り囲み、刃《やいば》を繰り出す細作を、一人ずつ斬り伏せていった。

申伍が抜刀し、地に左膝を突いた。下段から掬《すく》い上げるように太刀を振るうのだろう。太刀筋が低い。掻《か》い潜《くぐ》るのは無理だった。飛ぶか。飛んだ身体は落ちるしかない。動きが限られる。

（それに、あの猿どもだ）

牙《きば》を剝《む》き、申伍の周囲を跳ね回っている。

「どうした？」

申伍が言った。

「こちらから参ろうか」

猿が申伍の背を踏み台にして宙に舞った。

牙を剝き、二匹の猿が十四郎の頭上へと飛び掛かった。

十四郎の太刀が空中に光の筋を描いた。猿の二つの首が胴から離れた。

「うおっ」

申伍が低い位置から飛び込んで来た。十四郎の脇が空いている。地を掠《かす》め、太刀が唸《うな》った。素早く左の逆手で脇差を抜き、申伍の太刀を受け止めた。

申伍の顔が青ざめた。太刀を握り締めた十四郎の右腕が、垂直に伸びている。

申伍の目が、太刀から十四郎に下りた。

「申伍」

烏堂が細作の太刀を拾い、十四郎に投げ付けた。

標的目掛け、寸分の狂いなく飛んできた太刀を、鉈が叩いた。跳ね飛ばされた太刀が、地に刺さった。

「卑怯《ひきよう》な真似《まね》は、するな」

塀の上で声がした。

「また、其の方か」

烏堂が吐き捨てた。

(誰だ?)

十四郎が見せた僅かな隙を掻い潜り、申伍が身を引こうとした。読んでいた。

十四郎の太刀が振り下ろされた。申伍の血が泡となって流れた。

「外の忍びは、あらかた倒した」

庭に下り立った久兵衛が言った。

「かたじけない」

十四郎は血振《ちぶ》りをくれた太刀を袖《そで》で拭《ぬぐ》い、鞘に納めた。

庭のあちこちから刃を斬り結ぶ音が聞こえて来る。

「やっておるの」

「お手数をかけるが」と十四郎が久兵衛に言った。「御殿の内を見回っては下さらぬか」

「よかろう」

久兵衛が、手繰《たぐ》り寄せた鉈を手に、身を翻《ひるがえ》した。

「彼奴は何者なのだ？」

鳥堂が太刀を構えながら言った。

「知らぬのだ」

「嘘を吐《つ》け」

「嘘ではない」

「降って湧いたとでも申す気か。あれはただの山の者ではない」

「答えようがないな」

十四郎も居合腰になった。

忍びの腕を小太刀が捕らえた。手首が飛んだ。

（…………！）

小左郎は振り向き様に、横に跳ねた。

岩瀬又十郎の太刀が、寸で脇を流れていった。

「背に目を付けたか」

又十郎の太刀が、執拗《しつよう》に襲い掛かって来た。

受け、撥《は》ね、転がり、飛び退《しさ》り、間合いを読み切った。

「よう躱したが、これまでだ」

上段に構えた又十郎が、裂帛《れっぱく》の気合とともに小柄を投げ付け、小柄の軌道を辿《たど》るようにして剣を振り下ろした。又十郎の目に小左郎の動きが映った。小柄を避けると、そのまま己が剣を掻い潜っている。読まれていたのだ。もはや、小太刀を躱す術《すべ》は残されていない。

（こんな奴に、殺られるのか……）

悔やむ又十郎の胴を、小左郎の小太刀が捕らえた。

「姑息《こそく》な真似をするからだ」

小左郎は、左右を見回し、忍びに向かって足を踏み出した。


水木は間合いを計り兼ねていた。

「氷室右近」

「左近」

「我らが剣を受けられると思うてか」

左右から同時に打ち込まれては、躱しようがなかった。

肩口を斬られ、二の腕を掠られていた。
右近の切れ長の目が、左近に合図を送った。
二人の剣が蛇のように伸びた。
風が奔った。
「何だ？」
右近が打ち込みを止め、足許《あしもと》を見た。
左近の袴《はかま》の裾《すそ》が裂けていた。
鉈だった。
鉈から細紐が延びている。右近が太刀を振るい、紐を切った。
男が回廊から飛び下りた。
山の者の姿をし、山刀を下げている。
「そっちは」と右近が、顎《あご》を水木に向けた。「任せる」
「心得た」
右近と左近が、右と左に分かれた。
左近は、摺《す》り足になって詰め寄ると、己が一剣を水木の剣に打ち付けた。
（これまでだ）

左近が、水木を間合いに捕らえた。剣が閃いた。太刀を振り翳《かざ》した水木の胸を、横一文字に斬り裂いた。

躱した筈だった。寸の余裕がある筈だった。血が噴いた。手傷が、読みを間違えさせたのだった。

左近が薄い笑みを浮かべ、近付いて来た。

水木は、唇をきつく嚙み締めた。

「よい太刀だ」と烏堂が言った。「儂が折ってくれた太刀とは、随分と違うな」

「…………」

「銘を教えてくれ」

「粟田口藤吉郎兼光」

「京か」

「そうだ」

「儂の差料にしてくれるわ」

「出来るかな」

「お主は、安養寺で一度死んでおるのだぞ」

「二度は死なぬ」

「そうかな」

烏堂が踏み込み鋭く、飛び込んで来た。

十四郎の剣が鞘から走り出た。二合打ち合わせ、離れた。

鉄がにおった。

烏堂の剣が小手を狙ってするすると伸びた。十四郎は引き足を使って逃れ、逃れたと見せて、打ち込んだ。

烏堂は飛び退くと、十分に間合いを取り、太刀を鞘に納めた。

「居合勝負といかぬか」

「望むところだ」

十四郎も太刀を納め、居合腰を取った。

足指をにじり、互いが間合いを詰めた。

呼気を一つ間違えば命はなかった。

嚙《か》み合わせた歯の隙間《すきま》から、息を吐き、吸った。

御殿の奥座敷から怒声《どせい》が漏れ、襖《ふすま》の倒れる音が続いた。

書院番と小姓組頭の警護衆が、敵と剣を交《まじ》えているのだ。

水木はどうした？

小左郎はどうした？

千蔵の声がした。

「頭領！」

叫んでいる。

「殺られたようだの？」

烏堂が、言葉を零《こぼ》した。

踏み込んだ。大きく右足を踏み込み、太刀を抜き払った。

間髪《かんはつ》を容《い》れず、烏堂の腰から太刀が滑り出た。切っ先が十四郎の懐を掠めた。

宙に流れた互いの剣が、引き寄せられ、打ち合わされた。火花が散り、手の甲を刺した。

烏堂の剣が微かに下がった。十四郎は突きに出た。烏堂が、腕を捏《こ》ねるようにして、十四郎の剣に、己の剣を巻き付けた。

十四郎は柄の握りを甘く緩めた。

粟田口藤吉郎兼光が宙に飛んだ。

（おっ……）

烏堂の目が、藤吉郎兼光を追った。

その分だけ、剣の出が遅れた。十四郎の脇差が烏堂の脇腹を十二分に斬り裂いていた。

血の海に沈んだ烏堂を視界から振り捨て、己が太刀を素早く拾い上げると、十四郎は水木の許へ駆けた。

胸許を真横に断ち斬られていた。

乳房が血に染まっている。

「浅傷《あさで》だ。気をしっかり持て」

水木が血の気の失《う》せた唇で、奥へ、と言った。

「……大納言様を」

「任せておけ。直ぐに戻る」

言い残し、奥へと向かった。

頭を割られた左近が、転がっていた。

座敷に上がった。書院番や小姓組番の骸《むくろ》を幾つか飛び越えると、右近がいた。

右近と対峙《たいじ》しているのは、久兵衛だった。小左郎は、股から血を流し、柱に寄り掛かっている。

久兵衛が血の滴る山刀で右近を指した。

「仲間は皆死んだ。諦めい」

「何を今更……」

「そなたの腕では儂は斬れぬ。無駄に命を捨てるな……」

十四郎の耳朶《じだ》に、久兵衛の声が響いた。

（無駄に命を……）

十四郎の唇が久兵衛の言葉をなぞった。父が立ち合いの直前に言われた言葉とひどく似ていた。

（まさか……）

改めて久兵衛に目を遣った。三十八、九から四十位の年恰好に見えた。樋沼潔斎は、十六年前に二十代の中頃であったのだから、年齢は符合していた。

それに、久兵衛が生粋《きっすい》の山の者ではなく、武家の出であるらしいことは、五年前、鳥坂の妙立寺で初めて会った時、身のこなしから十四郎自身が感じ取っていた。

己の直感に自信はあったが、久兵衛と潔斎を結び付ける決め手と言えるものが、何もなかった。問い質《ただ》すしか方法はなかった。もし久兵衛が潔斎だとしたら、父を倒した程の剣の腕を持っていながら、何故武士を捨て、山の者の姿をしているのか。何を思うて、武士を捨てたのか。何としても、聞き出したかった。

十四郎は久兵衛の背を見詰めた。

久兵衛の足が、一歩前に出た。

「両の手首を落とせば、命だけは助けてくれるよう掛け合《お》うてやるが、どうだ？」

「それで生きて、何をせよと言うのだ？」

「それは、お主が決めることだ」

「黙れ」

右近は、太刀を顔に寄せると、拝むように垂直に立てた。

青みを帯びた目が光った。

「…………」

右近の目が、細かく揺れている。

「止めい。儂に催眠の術は効かぬ」

「おのれ」

右近が太刀を繰り出した。生易しい一撃ではなかったが、久兵衛は身体を僅かに動かしただけで躱すと、山刀を右近の首筋に打ち付けた。

首の骨が折れたのだろう。右近は顔を有らぬ方に向けて倒れた。


忠長が警護の者を伴い、満面に笑みを浮かべ、奥から現われた。

「ようやった」

忠長は歯切れよく大声を発した。

「此奴らが豊臣の残党か否か、直ちに取り調べい」

七星剣と忍びの者どもの遺骸が一箇所に集められている。

稲葉正利が、十四郎の変化に目敏《めざと》く気付き、声を掛けた。

「いかがなされました？」

十四郎は、正利に答えようともせず、久兵衛の背を見詰め続けていた。

「十四……」

「樋沼、潔斎殿でござるか」

久兵衛がゆるりと振り向き、

「いかにも」と言って、十四郎を見据えた。「潔斎でござるが……」

「やはり……」

「何故、我が名をご存じなのか、承《うけたまわ》ってもよろしいか？」

父・貴一郎正兼が試合を挑み、敗れて没したことを話した。

「覚えておる。確かに斬った」

「弟子がつぶさに見ており、尋常な立ち合いであったことは承知いたしております。されど、子として是非とも父の仇を討ちたいのでござる。ここで立ち合うこと、承知いただけまいか」

「……あまりに多くの血を流した故、ここ何年かは潔斎の名を捨て、久兵衛で生きて参った。山野をさすろうての」

久兵衛が山刀を丁寧に拭い、木の箱鞘に納めた。

「だが、久兵衛となっても、また斬ってしまった。潔斎にせよ、久兵衛にせよ、人斬りとしての己からは逃げられぬのだな。心得た。立ち合おう」

庭へと足を運び掛けた二人の前に、千蔵が駆け込んで来た。

「十四郎様、頭領が」

「どうした？」

「思うたより出血がひどく、我らの手には負えませぬ」

「儂に見せい」

潔斎が先に立って走った。細作に囲まれて、水木が横たわっていた。

潔斎は傷口を見ると、

「中に運べ」

千蔵に命じ、他の細作には湯を沸かし、部屋を暖めるために炭火を熾《おこ》すよう言い付けた。そして、

「其処許《そこもと》は」と十四郎に言った。「手伝うて下され」


薄縁《うすべり》が敷かれ、上半身裸の水木が寝かされた。

部屋の四隅には、真っ赤に熾った炭火を入れた火鉢が置かれている。

「大分血が流れておるが、やるだけのことはやってみよう」

「お願いいたす」

潔斎は熱湯の中に針と糸を落とすと、十分煮沸してから取り出し、針に糸を通した。

「始めるぞ」

針を胸に刺し、傷口を閉じるように縫い始めた。針を刺す度《たび》に、水木の眉根《まゆね》が

寄り、傷口から血潮が溢れて流れた。

「もそっと乳房を押し上げてくれ」

一瞬ためらったが、十四郎は思い切って乳房の下に掌《てのひら》を当て、押してみた。

「……こうか」

「ちと違うな。このように、くいっ、と上げるのだ」

潔斎が血だらけの手で手付きを示した。

「こうか」

「そうだ。傷口が塞がるよう、しっかりとな」

「心得た」

潔斎は、十四郎の無骨な手に目を遣ってから、

「初めてか」と訊いた。「女子《おなご》に触れるのは？」

「……」

「この女子は？」

「初めてだ」

「綺麗《きれい》な胸だの」

「見てないで、早く縫わぬと血が止まりませぬぞ」

血で手が滑るのか、潔斎は時折手を洗ってぬめりを取ると、続けた。

「其処許の嫁御になるのかな」

「……分からぬ」

水木の胸から目を逸《そ》らし、

「そなたの腕では儂は斬れぬ。無駄に命を捨てるな……」

その言葉で潔斎と知れたのだと、十四郎は教えた。

「そうであったのか」

「十五の時、潔斎殿を探して旅に出た。十三年掛かった」

「…………」

「何としても立ち合うて貰う」

「分かった」

縫い終えた潔斎は、このままでは死ぬ、と言った。

「身体が冷え切っておるでな、そなたの肌で温めてやれ」

「潔斎殿は？」

「逃げる暇などないわ。他の者の傷も診《み》てやらねばならぬ」

「分かっておるわ」

潔斎は水木の胸に晒《さらし》を巻くと、

「後は任せた」

立ち合いは明朝にしよう、と言って襖の向こうに消えた。

十四郎は衣類を脱ぎ捨てると水木を抱き、掻巻《かいまき》を引き上げた。

水木の身体は、氷のように冷え切っていた。


身体の火照《ほて》りで、目が覚めた。

十四郎の胸には汗の粒が浮いていた。

（暑い……）

呟き掛けて、腕に抱いている水木を見た。

微かな寝息を立てていた。

（よかった……）

大きく息を吸った。

「助けて下さったのですね」

水木が目を閉じたまま言った。

「私は身体を温めただけだ。傷口を……」

「知っております。聞いておりました」

「どこから？」

「全部」

「全部か」

「始めから終わりまで」

「気付かなんだ」

「私の胸に触れるのは初めてだ、と言っておられました」

「……初めてだからな」

「温かな掌でした」

「そうであろう」

「妙に力が入っていました」

「そうか？」

十四郎は掌を目の前に翳してみせた。

「上手《うま》く躱せませんでした」

「次は大丈夫だ」

「そうでしょうか」

「そのために稽古を積むのだ」

「分からぬと答えておいででした」

嫁御になるのか、と訊かれた時の答えだった。

「もし命があれば、お慕《した》いしてもよろしいでしょうか」

「何を言われる。水木殿はもう助かったのだぞ」

「十四郎様のことです」

朝になれば樋沼潔斎との立ち合いが待っていた。

無駄ニ命ヲ捨テルナ。潔斎の言葉が耳の底に甦った。

「案ずるな。勝ってみせる」

水木の肩を抱き寄せた。

六

真剣での立ち合いは許さぬ、と忠長が言った。

「双方とも、余の命の恩人だからの」

捕り方が手にしていた樫《かし》の寄棒《よりぼう》を、二尺七寸（約八十一センチメートル）と一尺八寸（約五十四センチメートル）に切り揃えて木刀とし、それを大小の差料に見立てて立ち合うことになった。

忠長に一礼し、左右に散った。

潔斎が二尺七寸の大刀を抜き、正眼に構えた。微塵《みじん》の隙もない。

十四郎は居合腰になり、足指をにじった。

間合いが徐々に詰まった。

潔斎の打ち込みを十四郎の二尺七寸が受け、跳ね返した。

双方は睨《にら》み合いながら、相手の位置まで回り込むと、再び間合いのうちに飛び込んだ。

二尺七寸が嚙み合った。押し合いが続いた。身動きが取れない。

十四郎の左手が一尺八寸に届いた。抜いた。いや、逆手で抜こうとしたのだが、抜き放つ間合いがなかった。

その瞬間、潔斎の左手が僅か三寸余の間合いの中で一尺八寸の樫の棒を順手で抜き放ち、打ち下ろした。

躱す間合いはどこにもなかった。十四郎は肩を打たれ、膝から屈した。

「それまで」

稲葉正利が潔斎に勝ちを告げた。

「参りました」

十四郎が声を絞り出した。

「見事であった」

忠長が足袋《たび》はだしになって白砂に下り、二人の前に膝を寄せた。

「余の見るところ、まだ樋沼潔斎に一日《いちじつ》の長がある。十四郎、其の方に立ち合う意思があるならば、来年この駿府の地で場を設けたいが、どうだ?」

「願ってもないことにございます」

「潔斎、一年後の今日、また立ち合うてくれるか」

「承知つかまつりました」

「よう言うてくれた。双方とも、十分腕を磨いておくのだぞ」

低頭して忠長を見送っている十四郎に、潔斎が言った。

「そなたの父御を斬ったのも、あの太刀筋であった」

「そうでしたか……」

父と同じ負け方をした己がいた。

父を越えるためには、あの技を破らねばならない。

「何という技なのか、教えていただけませぬか」

「《雷》《いかずち》と名付けておる」

「《雷》……」

「躱す間もなく、剣が頭上から落ちて来るであろう」

「必ず破ってみせます」

「まだまだ負けぬから、そのつもりでおれ」

しかし、一年の後に御前試合を行なうことは出来なかった。

翌年の五月二十八日、駿河大納言忠長は、猿狩りの一件、小姓斬殺の一件、また家老切腹の一件などの責を問われ、甲斐《かい》に蟄居《ちっきょ》幽閉されてしまうのである。

## 七

十四郎が樋沼潔斎との立ち合いに敗れて二十日が経った。

水木は細作の隠れ家で傷の養生《ようじょう》をし、千蔵らは事の次第を知らせに、一足先に土井利勝の許へと走った。

十四郎は民部の墓前に詣《まい》った後、数日朝倉屋敷に留まり、次いで小左郎を連れて水木を見舞い、江戸経由で沢庵のいる出羽上山に向かった。

（あれもまた、生き方ではあるの……）

利勝は、六日前に十四郎と飲んだ酒の味を思い出しながら、江戸城の天守を見上げた。

徳川の御家を守り、将軍家を守り、この城を守る。それが己の生き方だった。

――伯父上は、何かしたいこと、成りたいものはなかったのですか。

以前にも訊かれたが、十四郎奴がまたぬけぬけと訊きおったので、怒鳴《どな》ってくれた。誰がこの国を守るのか、とな。

――伯父上でなくともよいではありませぬか。

利勝は、思わず笑い出しそうになったところで、松平伊豆守信綱の姿に気が付いた。信綱は、本丸玄関前門である中雀門《ちゆうじやくもん》の前にいた。作事方《さくじかた》小奉行やその配下の大工頭、下奉行らを従え、何やら指示を下している。

「いかがなされた？」

振り向いた信綱が、驚いたような表情を浮かべてから低頭した。小奉行以下の者が、慌てて信綱に倣《なら》った。

「これは大炊頭様、今日は何か、こちらに？」

た。

「ちと御用向きのことでの」

利勝は西の丸の筆頭年寄だった。本丸に何用あったのかと信綱の目が問うてい
「それより……」

重ねて尋ねた利勝に、信綱が中雀門を囲むようにしてそびえている櫓《やぐら》の白壁を指さした。

「お分かりでしょうか。漆喰《しっくい》が剝《は》げ落ちている箇所がございます」

利勝は目を凝らしてから、頷いた。

「上様がお気付きになられ、即刻直せと御下命になられたのでござりまするが……」

「何か不都合でもござったか」

「思ったより傷《いた》みがひどく、とても今日明日には直せぬのでございます」

「仕方ないの」

利勝が、小奉行を見て言った。小奉行の目が信綱の方へ泳いだ。

「ところが」と信綱が、話を継いだ。「上様は大層お怒りになられ、何としても明日までに直せと仰せになられまして。それで、何とかならぬかと、恥ずかしな

がら斯様《かよう》なところで相談しておったのでございます。何かお知恵はございませぬか」

聞き終えた利勝は、考えるような振りをして数歩歩くと、

「伊豆殿」

信綱を手招きした。

「今日明日中には直せぬのであろう？」

「はい」

「ならば直せぬとお答えすればよいではないか」

「ではございまするが……」

「将軍家ならば、何を仰せになっても叶うというものではない。それを諭《さと》すのも側近の役目であろう。違うかな、伊豆殿」

利勝の顔がぐいと信綱に寄った。

「御上意に添うべく動くのも務めなら、矯《た》めるのも、また側近の務め。儂は、そのように心得ておるが、どうであろうの？」

「はっ……」

信綱の額に細かな汗が浮いた。

「このこと、但馬殿の耳にも入れるがよいぞ」

利勝は、ではな、と言い置いて大手三の門へと歩を進めた。

裃《かみしも》の擦れる音が耳に届いた。信綱が礼をして見送っているのだろう。

(分かってくれたかの……)

幾つもの命がなくなったのだ。分かって貰わねば、無駄死にになってしまうわ。のう、十四郎。利勝は青い空に囁《ささや》き掛けた。

その頃十四郎は、小左郎を供にして、奥州街道から羽州《うしゅう》街道へと抜ける七ヶ宿街道を飛ぶように進んでいた。

# 参考文献

『新訂増補　国史大系　徳川実紀』（吉川弘文館）
『新訂　寛政重修諸家譜』（続群書類従完成会）
『徳川諸家系譜』（続群書類従完成会）
『藩史大事典　第二巻　関東編』木村礎　藤野保　村上直　編（雄山閣　一九八九年）
『三百藩家臣人名事典　第三巻』（新人物往来社　一九八八年）
『五街道細見』岸井良衛（青蛙房　一九五九年）
『東京美術選書27　江戸時代役職事典』川口謙二　池田孝　池田政弘　著（東京美術　一九八一年）
『新装版　時代風俗考証事典』林美一（河出書房新社　一九九四年）
『柳生一族―新陰流の系譜』今村嘉雄（新人物往来社　一九七一年）
『安倍川と安倍街道』海野實（安倍藁科歴史民俗研究会／明文出版社　一九九一年）
『日本随筆大成〈第三期〉21』翁草　神沢社口　著　日本随筆大成編輯部編（吉川弘文館　一九七八年）

『静岡の川～急流・暴れ川の大井川・安倍川・天竜川・富士川』松本繁樹（静岡新聞社　二〇一四年）
『静岡県土地改良史』静岡県土地改良史編さん委員会編（静岡県土地改良史編さん委員会　一九九九年）
『藁科物語』（ふるさと藁科叢書第一号）黒澤脩（静岡市立藁科図書館発行　一九九〇年）
『北街道』（ぶんかさろん・しみず著・発行　二〇一四年）
「丁子屋流とろろ汁のおいしい食べ方」（丁子屋ＨＰより）
https://chojiya.info/howto

# あとがきにかえて〜静岡より愛を込めて

佐藤《さとう》亮子《りようこ》

本書が初めて世に出たのは、平成十五年（二〇〇三）六月のことである。

この度新たに祥伝社文庫に収めていただけるというお話をいただいた。実に十八年ぶりに読み直し、十八年前の夫と改めて邂逅《かいこう》した思いである。

執筆当時の長谷川卓《はせがわたく》は、五十三歳。静岡に移り住み、漸《ようや》く十年あまりの年月が経っていた。その間、平成十二年に『血路《けつろ》〜南稜《なんりよう》七ツ家秘録』で角川春樹小説賞を受賞し、続けて続編『死地《しち》〜南稜七ツ家秘録』を執筆する一方、一粒種《ひとつぶだね》の娘を溺愛《できあい》する子煩悩《ぼんのう》なパパさんとして、ご近所でも有名だった。自転車に幼い娘を乗せて、毎日のように港へ散歩に出掛ける姿は、町内の風物詩であった。

近くの神社の祭礼では、毎年、夜店でイカ焼きのおじさんをやっていた。途中で抜け出してきては、アツアツの美味《おい》しいところをハフハフやっていた。

どう見ても都会から引っ越して来た人には見えない。新しく町内に越してきた人など、私が東京から来たお嫁さんで、夫は元々地元の人だ、と信じて疑わなかったそうだ。

港の突堤《とってい》で、タオルを首から掛けたまま、煙草《たばこ》を一服していたら、地元の漁師に見えたのか、夕陽を背景にして、観光客らしい若い娘さんにコッソリ写真を撮られた、と自慢げに帰ってきたこともあった。

地元どっぷり感がハンパない、まことにのどかな明け暮れであった。


さて、『血路』と『死地』で、時代小説家として歩み始めたこの頃手掛けたのが、槙十四郎正方《まきじゆうしろうまさかた》シリーズである。初めての、そして唯一の剣豪小説である。

元々土井利勝《どいとしかつ》という徳川《とくがわ》草創期の屋台骨を支えた大政治家に興味があり、利勝を主人公にした物語を書こうとしていたようだ。残念ながら、『小説・土井利勝』は日の目を見ることなく、お蔵入りになってしまったのだが、利勝を、何かの形で書いてみたい、という思いは捨て切れなかったらしい。利勝を陰で支えた若き剣豪の物語として再構築したのが、槙十四郎シリーズだ。

その記念すべき第一冊目は、駿河大納言忠長卿《するがだいなごんただながきよう》を巡る事件の背後で暗躍《あんやく》する柳生七星剣《やぎゅうしちせいけん》と、十四郎が対決する物語である。当然舞台は、かつての駿府《すんぷ》とその周辺、つまり作家本人が暮らしている静岡である。

徳川家康《いえやす》は、幼少期を駿府の臨済寺《りんざいじ》に過ごし、将軍職を息子秀忠《ひでただ》に譲った後は、大御所として古巣・駿府に戻ってきた人で、静岡との縁《えにし》が非常に深い。家康を慕《した》う家臣団も、多くは静岡に住んでいた。江戸時代の史跡には事欠かない。

江戸時代どころか、もっと古いものもある。光源氏《ひかるげんじ》のモデルとも言われる平安の貴公子在原業平《ありわらのなりひら》が東下《あずま》りする際に通ったという蔦《つた》の細道に始まり、鎌倉時代、権力の座を追われた梶原《かじわら》一族が討ち死にした場所や、豊臣秀吉《とよとみひでよし》が小田原征伐《おだわらせいばつ》の折に立ち寄り、羽織を下賜《かし》したと伝えられる御羽織屋《おはおりや》など、挙げればきりがない。今川義元《いまがわよしもと》の居館であった今川館は失われて久しいが、駿府城址の公園には、家康のお手植えみかんの木が大切に保存されている。港へ目を向ければ、清水次郎長《しみずのじろちょう》の生家《せいか》や菩提寺《ぼだいじ》もある。次郎長が子供の頃無理矢理通わされたという寺子屋《てらこや》があった寺まである。何でも寺の裏手の竹藪から、次郎長の子分の大政《おおまさ》・小政《こまさ》が竹をこっそり伐《き》り出し、竹槍を作って、出入りに向かったそうである。

京都や奈良に比べれば、大したことはないのだろうが、それまで歴史の本や教科書の中だけの知識だったものが、言わば血肉を備えて、そこに現前しているのだ。戦国〜江戸時代の歴史が大好物の夫が狂喜するのも当たり前だった。

あちこちで史跡に巡り会う度《たび》に、

「おお、ここがそうなのか！」

と、いちいち目を見張っては楽しんでいた。

それらさまざまな静岡歴史スポットが、物語の中で息づいている。その当時、夫が自分の目で見、肌で感じた静岡が、作品の中に込められている。作家の溢《あふ》れる静岡愛を感じていただければ、と思う。


結婚して故郷を離れ、他の土地に移り住むというのは、日本の場合、主に女性が体験することだ。我が家の場合は、結婚の直前に母が急逝《きゆうせい》し、一人っ子の私は、最愛の母を亡くして気落ちしている父を一人には出来ず、東京から静岡へ引き揚げざるを得なかった。

夫は、東京で暮らすつもりでいたから、大きな誤算だったはずだ。しかし、一言の文句もなく、「紙とペンさえあれば、どこでも仕事は出来るから、静岡でいいよ」と何のためらいもなく言ってくれた。挙げ句、「海と山と川がこんなに近くにあるなんて、こんな天国ないよ！」と大層気に入ってくれたのだ。

本当のところは、作家として、中央から離れてやっていけるのか、という不安もあったに違いない。

しかし、ただの一度も、静岡への不満を漏らすことはなかった。無論親しい友人たちと顔を合わせられる東京での暮らしを懐かしむことも多かったが、それも折々の上京で、欲求不満を解消していた。実家に顔を出し、友人や編集者と談笑し、古本屋街を歩くのが、お気に入りの東京小旅行だった。

日々静岡に馴染《なじ》み、小説の構想を落ち着いて練ることが出来たのも、静岡に流れるゆったりとした空気が馴染みやすかったからかもしれない。静岡の人間は、たいがい大らかでのんびりしており、たまに東京に出ると、「東京の人は歩くのが速くて疲れる」と帰ってくるものだが、夫も次第に静岡テンポに毒され、「東京は疲れる」と小旅行から帰宅するようになった。

立派な静岡人の出来上がりである。

そんな静岡生活に色を添えてくれたのが、私の母の実家の人々との交流だった。

この家は、古き良き大家族の雰囲気を色濃く残している。ごく近所に、近しい親族の家も固まっているので、ともかくいろんな人が始終出入りして、皆好き勝手にやっている。

私の父もその一人で、母の長兄で実家を継いだ伯父の、学生時代からの親友だったため、若い頃から足繁《あししげ》くこの家に通い、ついには親友の妹を嫁にもらって、親族の仲間入りをした。

正月三日は、祖母の誕生日なので、誕生会という名目で大人数が集まり、毎年大酒宴である。偶然夫もその日が誕生日なので、一緒にお祝いしよう、ということになり、宴会に参加するようになった。実は誕生会の主賓《しゆひん》たる祖母と夫は、全くの下戸《げこ》なのだが、そんなことはお構いなしに、呑み助たちは浴びるほど酒を飲み、談論風発《だんろんふうはつ》状態になる。酒は駄目だが、この伯父たちとの話がおもしろいので、夫も宴会に参加する。

長兄の伯父は、かつての文学青年で、作家の高杉一郎《たかすぎいちろう》氏とともに静岡県文学連盟を立ち上げた一人で、現在も号を重ねている『文芸静岡』の初代編集長をつとめた。夫が知り合った当時は、俳句の会を主宰《しゆさい》していた。他にも相場師あり、洋画家あり、エリートビジネスマンあり、塾講師あり、薬学博士あり、開業医あり、とまあ、よくこれだけ変わり種が揃《そろ》っているな、という一族で、その誰もがこの家に来てはああでもない、こうでもない、とおしゃべりに興じているのである。

男たちの大騒ぎを笑顔で采配《さいはい》し、次々と美味しいものを供給しつつ、時に文学談義にも参加して、周囲をなるほど、と唸《うな》らせる伯母をはじめとする女性陣の存在感も忘れられない。

遠縁の叔父で、日本山岳会の理事を務めるプロの登山家も、時に顔を出した。野営生活のノウハウ本を書いたり、遭難救助に駆け付けたり、とまさに山の者を彷彿《ほうふつ》とさせる人だった。嶽神《がくじん》シリーズを書くにあたり、多くの示唆を与えてくれた。この人もまた、往年の文学青年で、夫の作品をいつも楽しみにしてくれ、便《びん》箋《せん》十数枚に及ぶ詳細な感想文を送ってくれたりもした。

年に一度のお楽しみ会は、まさに夫がおもしろがりそうな抽斗《ひきだし》を豊富に持った人々の集まりだった。結婚したことで広がった新しい親族との交流もまた、作品世界を深める大きな要素であったのだと思う。

ちなみに、『柳生七星剣』には、この宴会メンバーのうち三名の名が、ちゃっかり使われている。皆、くすぐったがりながらも、大いに楽しんで読んでくれていたようである。
夫の茶目っ気たっぷりの笑顔が見え隠れする剣豪物語である。

令和三年（二〇二一）六月　静岡にて

『血路』の舞台となった興津川にて
（静岡新聞2001年５月６日掲載）

注・本作品は、平成十五年六月、ハルキ文庫（角川春樹事務所）より刊行された
『柳生七星剣』を妻・佐藤亮子氏のご協力を得て、加筆・修正したものです。

一〇〇字書評

柳生七星剣

切・り・取・り・線

**購買動機**（新聞、雑誌名を記入するか、あるいは○をつけてください）

□（　　　　　　　　　　）の広告を見て
□（　　　　　　　　　　）の書評を見て
□ 知人のすすめで　　□ タイトルに惹かれて
□ カバーが良かったから　　□ 内容が面白そうだから
□ 好きな作家だから　　□ 好きな分野の本だから

・最近、最も感銘を受けた作品名をお書き下さい

・あなたのお好きな作家名をお書き下さい

・その他、ご要望がありましたらお書き下さい

| | | | | | |
|---|---|---|---|---|---|
| 住所 | 〒 | | | | |
| 氏名 | | 職業 | | 年齢 | |
| Eメール | ※携帯には配信できません | | 新刊情報等のメール配信を 希望する・しない | | |

この本の感想を、編集部までお寄せいただけたらありがたく存じます。今後の企画の参考にさせていただきます。Eメールでも結構です。

いただいた「一〇〇字書評」は、新聞・雑誌等に紹介させていただくことがあります。その場合はお礼として特製図書カードを差し上げます。

前ページの原稿用紙に書評をお書きの上、切り取り、左記までお送り下さい。宛先の住所は不要です。

なお、ご記入いただいたお名前、ご住所等は、書評紹介の事前了解、謝礼のお届けのためだけに利用し、そのほかの目的のために利用することはありません。

〒一〇一―八七〇一
祥伝社文庫編集長　坂口芳和
電話　〇三（三二六五）二〇八〇

祥伝社ホームページの「ブックレビュー」からも、書き込めます。
www.shodensha.co.jp/bookreview

祥伝社文庫

# 柳生七星剣《やぎゅうしちせいけん》


令和 3 年 7 月 20日　初版第 1 刷発行

著　者　長谷川《はせがわ》　卓《たく》

発行者　辻　浩明

発行所　祥伝社《しょうでんしゃ》

東京都千代田区神田神保町 3-3
〒 101-8701
電話　03（3265）2081（販売部）
電話　03（3265）2080（編集部）
電話　03（3265）3622（業務部）
www.shodensha.co.jp

印刷所　堀内印刷
製本所　ナショナル製本
カバーフォーマットデザイン　中原達治





Printed in Japan ©2021, Taku Hasegawa　ISBN978-4-396-34744-4 C0193

# 祥伝社文庫の好評既刊

長谷川 卓 百まなこ 高積《たかづみ》見廻り同心御用控①

江戸一の悪を探せ。絶対ヤツが現われる……南北奉行所が威信をかけて、捕縛を競う義賊の正体とは？

長谷川 卓 犬目《いぬめ》 高積見廻り同心御用控②

江戸を騒がす伝説の殺し人〝犬目〟を追う滝村与兵衛《たきむらよへえ》。持ち前の勘で、真実を炙《あぶ》り出す。名手が描く人情時代。

長谷川 卓 目目連《もくもくれん》 高積見廻り同心御用控③

殺し人に香具師《やし》の元締、謎の組織〝目目連〟が跋扈《ばっこ》するなか、凄腕同心・滝村与兵衛が連続殺しの闇を暴く！

長谷川 卓 戻り舟同心

齢《よわい》六十八で奉行所に再出仕。ついた仇《あだ》名《な》は〝戻り舟〟。「この文庫書き下ろし時代小説がすごい！」〇九年版三位。

長谷川 卓 戻り舟同心 夕凪《ゆうなぎ》

「二十四年前に失踪した娘が夢枕に立った」――荒唐無稽《こうとうむけい》な老爺《ろうや》の話を愚直に信じた伝次郎。早速探索を開始！

長谷川 卓 戻り舟同心 逢魔刻《おうまがとき》

長年子供を拐《かどわ》かしてきた残虐非道な組織の存在に迫り、志半ばで斃《たお》れた吉三。彼らの無念を晴らすため、命をかける！

# 祥伝社文庫の好評既刊

長谷川 卓　戻り舟同心　更待月《ふけまちづき》

皆殺し事件を解決できぬまま引退した伝次郎。十一年の時を経て、再び押し込み犯を追う！　書下ろし短編収録。

長谷川 卓　父と子と　新・戻り舟同心①

死を悟った大盗賊は、昔捨てた子を捜しに江戸へ。彼の切実な想いを知った伝次郎は、一肌脱ぐ決意をする――。

長谷川 卓　雪のこし屋橋　新・戻り舟同心②

「お前は罪を償ったんだ。それを忘れるなよ」遠島帰りの老爺に忍び寄る黒い影。老同心の粋な裁きが胸に迫る。

長谷川 卓　鳶《とび》　新・戻り舟同心③

かつて伝次郎らに凶刃を向けた口入屋〝鳶〟を錆びつかぬ爺たちが突き止める。狡猾な一味の殺しの標的とは……。

長谷川 卓　風刃《ふうじん》の舞《まい》　北町奉行所捕物控①

無辜の町人を射殺した悪党、商家を皆殺しにする凶悪な押込み……。臨時廻り同心・鷲津軍兵衛が追い詰める！

長谷川 卓　黒太刀《くろだち》　北町奉行所捕物控②

斬らねばならぬか――。人の恨みを晴らす義の殺人剣・黒太刀。探索に動き出した軍兵衛に次々と刺客が迫る。

# 祥伝社文庫の好評既刊

神楽坂 淳
## 金四郎の妻ですが

大身旗本堀田家の一人娘けいが、嫁ぐように命じられた男は、なんと博打好きの遊び人――遠山金四郎だった！

神楽坂 淳
## 金四郎の妻ですが 2

借金の請人になった遊び人金四郎。返済の鍵は天ぷらを流行らせること⁉ 知恵を絞るけいと金四郎に迫る罠とは。

今村翔吾
## 火喰鳥《ひくいどり》 羽州《うしゅう》ぼろ鳶組《とびぐみ》

かつて江戸随一と呼ばれた武家火消・源吾《げんご》。クセ者揃いの火消集団を率いて、昔の輝きを取り戻せるのか⁉

今村翔吾
## 夜哭烏《よなきがらす》 羽州ぼろ鳶《とび》組②

「これが娘の望む父の姿だ」火消としての矜持を全うしようとする姿に、きっと涙する。最も〝熱い〟時代小説！

西條奈加
## 六花落々《りっかふるふる》

「雪の形を見てみたい」自然の不思議に魅入られて、幕末の動乱と政に翻弄された古河藩下士・尚七の物語。

西條奈加
## 銀杏手ならい《ぎんなんてならい》

手習所『銀杏堂』に集う筆子とともに成長していく日々。新米女師匠・萌の奮闘を描く、時代人情小説の傑作。